— 書き下ろし長編官能小説 —

とろめき女子寮に
ようこそ

美野 晶

竹書房ラブロマン文庫

目次

※この作品は竹書房ラブロマン文庫のために
書き下ろされたものです。

第一章　ふしだら看護師の誘い

少々古めだが木造二階建ての一軒家。そこが大学四年生になる達山《たつやま》恭太《きようた》が両親と暮らす家だ。

狭めだが庭もあり、駅まで徒歩圏内で立地もそこそこ。そんな家の二階で恭太はゴロ寝をしていた。

（今日も一日、のんべんだらりと過ごしてしまった……）

けっこう日が長くなる初夏のいまは、窓の外は明るいが、時計を見るともう夕方の時間だ。

シングルベッドのうえで恭太は、さすがにやばいと思った。

大学のほうは三年次までに単位をちゃんと取っていたので、四年生のいまは週に数回の登校でかまわない。懸案の就職のほうも、商社マンの叔父の紹介であっさりと準大手の企業に決まった。

「だから、ほんとうになにもすることがないんだよな、ふあああ」

スポーツもとくにしない、熱中するほどの趣味もない。彼女とも去年別れた。こんな状態ではだめだというのはわかっているが、あまりやる気も出ない。卒業して働きだしたら、こんななにもない時間はもてないという思いもあった。

「恭太、ちょっと降りてきて」

このままでいいのか悪いのか、他人から見たら呆れるような悩みを巡らせながら、横になっていると、階下から母の声が聞こえてきた。

「はいよー」

なにか用事を言いつけられるのだろうか。そう思いながら恭太はスエット上下のまま、階段を降りていった。

「えっ」

達山家は階段を降りたところに玄関がある。そこにスーツ姿の中年の男性と、ワンピース姿の若い女性が立っていた。

「恭太、ぼんやりしてないで、ちゃんとしなさい」

そういえばインターホンが鳴っていたような気がする。今日は母が休みで家にいるので、任せたらいいと思っていた。

だからぼけっとした顔でお腹《なか》を掻《か》きながら降りていき、母に呆れられた。

「あ、息子さんですか、私、N総合病院事務長の初井《はつい》と申します」

玄関に立つスーツ姿の初井は、父親とそうかわらないくらいの年齢だろうか。なのに自分よりもずいぶんと若い恭太に向かい丁寧に頭を下げた。

「事務長さん……ですか……」

そう返しながらも、恭太の目は違う方向を見ていた。その隣に立つすらりとした感じの女性。

長い黒髪に色白の肌。頬は少しふっくらとしていて柔らかい感じがするが、瞳は切れ長ですっきりとしている。

ワンピースがよく似合う清廉な雰囲気の女性は、まさに恭太の好みにドンピシャだった。

「庭の前のマンションが病院の寮になるんだって」

応対している母が恭太のほうを振り返ってそう言った。

庭の向こうに、恭太の家の塀を挟んで、三階建てのワンルームマンションが立っている。

あまり新しいとは言えないそこを、N病院が買い上げて看護師の寮にすることになったらしいと母は言った。

N病院はここから歩いて十分ほどの場所にある、私立の総合病院だ。

「これから改装工事に入りますので、いろいろとご迷惑をおかけすることになるとは思いますが、よろしくお願いします」

初井は再び頭を下げながら、こちらは完成したら寮長になる予定の、うちの看護師ですと、隣の女性を紹介した。

「飯島玲那《いいじまれな》と申します。よろしくお願いします」

女性は静かに言って頭を下げた。ワンピースの上半身が傾くと、胸のところが大きく揺れた。

スリムなのに意外なほどバストが豊かだ。

(飯島玲那さん……)

顔やスタイルだけでなく、よく通る声まで美しい。恭太はただ玲那に見とれるばかりだった。

その後、わずかに残っていたワンルームマンションの住人たちが転居していき、改装工事が始まった。

恭太は知らなかったが、ずいぶん前からマンションは売却するために新規の募集をやめていて、二部屋ほどしか住人はいなかったらしい。

工事業者が出入りし始めたと思ってから、あっという間に完成し、看護師たちの入居が始まった。

寮は女性看護師専用で男性は立ち入り出来ないと、恭太がいないときに再度挨拶に来た飯島玲那が言っていたらしい。

「そのはずだよな……」

二階にある恭太の部屋の窓からは、真正面にマンションが見えている。マンションの通路側にあたり、夜勤もある彼女たちは昼夜関係なく行き交っている。

恭太の部屋の前には物干し用のベランダがあり、柵は鉄格子タイプだ。そこから狭い庭を挟んでいるだけなので、柵の隙間からはっきりと顔や容姿も確認出来た。

寮住まいしている看護師は若い女性が多くて、その姿を見られるだけでも眼福なのだが、たまに明らかに男がこっそりと歩いている。

(まあ、結局はそうなるよね)

要は看護師が彼氏か誰かを連れ込んでいるのだ。まあ恭太も同じ若者だから、そうなるのは理解出来るが、それにしても夜になると目撃する回数が多いように思えた。

「乱れきっとるな、最近の若者は」

ダラダラと暮らしている自分のことはさておき、恭太は部屋の窓の前に置いた机の前でそんなことを思っていた。

(もしかして玲那さんも男を連れ込んだりしてるのかな……)

挨拶に来てくれた日に見た玲那の美しさは、いまも恭太を魅了していた。

二度目の挨拶のときに、母に自分は一階のいちばん入口に近い部屋にいるので、なにかあれば塀越しに呼んでくれたら出て来ると言っていたらしい。

先日、庭にいる母と通路から会話している玲那を、恭太はこの部屋から見た。

ジーンズにTシャツ姿だった玲那は、やはり抜群のスタイルだった。とくにTシャツの胸の突き出しが細身の身体には不似合いで悩ましかった。

「ん?」

そんなことを思い出してムラムラしていると、恭太は窓越しに、マンションで動くものを見つけた。

マンションの通路の突き当たりにある角部屋は、ワンルームマンションだったころから、他の部屋とは少し違う造りのようで、恭太の家のほうを向いた大きめのサッシ窓があり、小さなベランダもあった。

恭太の部屋と同じ二階のそこで、誰かがなにかしている。

「うおっ」

自分の部屋の前のベランダの柵越しにそこを見た恭太は、思わず声をあげた。

泥棒の類《たぐ》いがいたのではない。若い女性がしゃがみ込んでなにかを洗っていた。

（み、見えそう）

恭太の部屋には白のレースのカーテンがあり、お昼の明るい時間のいまは、向こうからは見えにくいが、こちらからはよく見える。

恭太の部屋のほうをまったく意識していない様子の女性は、ショートパンツにタンクトップという姿で、ブラシを手にしてなにかのフィルターを洗っていた。

ずっと俯《うつむ》き気味の彼女のタンクトップは胸元が緩く、豊満な上乳が覗いていた。

（しかも可愛い）

おそらくN病院の看護師であるはずの女性は、小柄な体型でショートボブの髪型がよく似合っている。

瞳も大きくて、愛らしさを感じさせる顔立ちだ。

「お、おおっ」

彼女はまったく恭太の家のほうなど目に入っておらず、どんどん前屈みになりながら、ブラシを動かしている。

するとタンクトップの前が完全に開き、白のブラジャーまで見えた。

ブラジャーのカップの上側から覗く、柔らかそうな肉房がもうたまらなかった。

「いったい何カップあるんだろう……」

玲那もそうだが、ベランダの女性も小柄な身体に対してかなりアンバランスに乳房が大きいように思う。

N病院の看護師は巨乳揃いなのか。巨乳のこの女性が看護師の制服を着たらどんな膨らみなのか、そんな妄想まで恭太は巡らせていた。

そうしているうちに女性は中に入っていってしまった。

「ふう……」

ショートパンツのお尻を見送ったあと、恭太はレースのカーテンの内側にある、もう一枚の少し厚手のカーテンを閉めた。

「もう我慢出来ん」

そしてズボンとトランクスを下にずらし、イスに座り直した恭太は股間の愚息をしごきだした。

「柔らかそうだったなあ……」

タンクトップの隙間から見えた白乳や、ムチムチとした太腿《ふともも》。それが目に焼きついているうちにと、恭太は肉棒をしごいた。

「ああ、あんな巨乳、生で初めて見たよ」

元彼女もそれほど胸が大きいほうではなかった。もともと恭太は巨乳好きだが、さすがに乳房の大きな女性を選んで交際してきたわけではない。

「フワフワだろうなあ」

そんな馬鹿な言葉を口にしているうちに、もう感極まってきた。

「うっ、もうイキそう、えっ」

射精寸前になってきたとき、突然、カーテンがふわりと捲《まく》れあがった。

少し暑いくらいの気温の今日は、窓を開けて風を通していたのを忘れていた。

急に風が強くなったのか、見事に二枚のカーテンが宙に舞った。

「えっ」

開いた窓の向こうに見える、ベランダの鉄格子の柵。そのさらに向こう側に目を丸くしている女性がいた。

さっきのタンクトップの女性が、またなにかを自分の部屋のベランダで洗っていた。

その胸のところは大きく開いていて、双乳や白のブラジャーが見えていた。

「うう、くうう、だめっ、うっ」

その柔らかそうな質感に、恭太はつい肉棒を握った手に力を入れてしまった。

しかも恭太のモノは友人たちも驚くほどサイズが大きい。当然ながらあまり距離の離れていない女性からははっきりと見えているはずだ。

エラが張り出したその先端部から、白い精液が勢いよく飛びだした。

「あわ、あわわわ、うっ、くうう」

慌てて止めようとするが、自分の意志で射精がどうにかなるはずもない。

デスクのうえに精液が飛び散っていく様子を、小柄な美女は呆然とした顔で見つめている。

そして恭太の射精が収まると、口をぽかんとしたまま、部屋の中に帰っていった。

「おっ、終わった……」

警察に通報されるか、それとも変態男として家に怒鳴り込まれるか。

どちらにしても自分は終わりだと、恭太は肉棒を握ったまま、イスのうえでうなだれた。


夜になり、夕食も食べるには食べたがほとんど味がわからなかった。

いつ警察が来るかとビクビクしていたが、いまのところなにも起こっていない。

（明日になったら、あの事務長さんとか来るのかも……）

警察ではなく病院のほうに報告され、直接苦情を言われるのかもしれない。警察に逮捕されるよりはましだが、当然、両親にはバレるだろう。

（なんて俺は馬鹿なんだ……）

窓を開けたままオナニーとはどこまで油断していたのか。そもそも隣人と言ってもいい寮の女性を思い出しながらすること自体がおかしい。

だらけた生活をしすぎたと、恭太は自分が情けなかった。

「ん？」

そのとき窓のガラスになにかがぶつかった音がした。恐る恐るカーテンの隙間から覗いてみると、部屋の前の物干しベランダに小さな物体が落ちていた。

（飴《あめ》？）

暗い中で目をこらしてみると、飴がベランダに落ちている。それも駄菓子屋で売っているような棒付きの飴だ。

「誰だろう」

なぜ棒付きの飴が落ちているのか理解出来ない。外の道路からこのベランダは死角になっているので投げ入れられたとも考えにくい。

あるとすれば正面にあたる女子寮だ。そう思って恭太は顔をあげて前を見た。

「うわっ」

昼間、タンクトップでバストを覗かせていた女性。小柄で可愛らしい彼女が向こうの狭いベランダに立ってこちらを見ている。

昼間と同じ服装で太腿を覗かせている女性の口には、棒付きの飴がある。たぶん飴を投げたのは彼女だ。

（い、いったいどういうつもりだ……）

女性はまだ恭太がカーテンの隙間から見ていることに気がついていないのか、じっと立って飴を見ている。

このまま、無視するか。だがそれも気になって落ち着かない。仕方なしに恭太はカーテンを開き、窓ガラス越しに頭をぺこりと下げた。

すると女性はもう一本、棒付きの飴を恭太の家のベランダに投げ込んだ。

それには小さな白い紙が巻き付けてあり、恭太は窓を開けて手に取った。

『オナニーのことをばらされたくなかったら、下の塀のところからのぼってこい』

とだけ書かれていた。

（ひえええええ）

可愛いルックスの彼女が男を脅すようにはとても見えないが、それはあくまで見た目だ。

ボコボコにされるのか、それともお金を要求されるのか。お金はそんなにもっていない。恭太の頭はパニックだ。

手紙とベランダに立つ彼女を交互に見ていると、女は恭太の家と女子寮の間の塀を指差した。

（い、行けばいいんでしょ、行けば）

どちらにしても逃げる道はないようだ。恭太は手で降りていきますという合図をしてから、一階に向かった。

階段を降りるともう両親は寝ているようだ。夜中にコンビニに行くこともあるから、別に怪しまれることはないと思うが、そっと玄関の扉を開けて外に出た。

（問題はここだよ……）

初夏の夜は半袖《はんそで》Tシャツでもとくに寒くはない。向こうは二階だから、塀のうえに立ってベランダの柵を摑《つか》めばのぼるのは簡単だ。

ただその動きは女子寮の一階から三階までの外廊下から丸見えだ。誰かが通りかかったら、ほんとうに侵入者として通報されるだろう。

(行くしかないよな)

両親が寝ている部屋のカーテンが閉まっているのを確認し、それから寮の外廊下に人気《ひとけ》がないのを見て、恭太は塀のうえにあがる。

へたに時間はかけられない。例の女の部屋のベランダの柵を摑み、一気にのぼった。

「うふふ、いらっしゃい」

女は恭太の手を引いて、サッシの中に入れてくれた。見つかりたくないので飛び込むように中に入った恭太に、女は微笑《ほほえ》みかけてきた。

「私、仲野由衣《なかのゆい》って言うの、お名前は」

そう言った女はなにか子供に聞くような感じで、話しかけてきた。

「た、達山、恭太です」

人懐っこい感じの由衣に、恭太は少しほっとして答えた。とりあえず殴られる雰囲気ではなさそうだ。

「そう恭太くん、なに飲む？　コーヒーでいいかな」

「は、はあ、なんでも」

タンクトップにショートパンツの由衣は、とりあえず靴を脱いでいる恭太に背を向けてキッチンに向かっていく。

ここはワンルームマンションとして貸していたころから、風呂トイレは別だが、キッチンは廊下と一緒になっていて狭いと聞いていた。

改装はされているが、その辺りはかわっていないように見えた。

「ゆっくりしていってね」

キッチンから声をかけてきた由衣の、タンクトップの胸元がやけに弾《はず》んでいる。

そしてショートパンツから伸びた、むっちりとした太腿。近くで見ると白くて艶《つや》やかだ。

「は、はあ」

小柄なのにグラマラスな彼女の姿は気になるが、恭太はまだ安心出来ない。

これから金銭でも要求されるのではないのか。とりあえず正座をして、若い女性らしい、可愛いぬいぐるみなどもある部屋の真ん中で神妙にしていた。

「あら、なにそんな格好して。足崩していいよー」

由衣は明るくて元気な感じだ。病院でもそうなのだろうか。

ただ恭太はその明るさがどこか逆に怖い。

「あ、あの昼間にあんなもの見せてしまって。申しわけございませんでした」

恭太はとりあえず謝ろうと、その場で土下座した。

「あははは、別にそんなくらい気にしてないわよ。私、前に泌尿器科にいたから、見慣れてるし」

両手にマグカップを持った由衣がケタケタと笑いながら、キッチンから戻ってきた。

独り用の小さなテーブルにマグカップを置いて、由衣は恭太の隣に座った。そして脚を崩してとまた笑った。

「すいません、ほんとうに」

気分を害しているわけではないという由衣の言葉に、恭太はほっとしていた。よく考えたら、それならすぐに通報するなり、両親に文句を言うなりするだろう。

ただ、わざわざ飴に手紙をつけて投げてきたのはなぜなのか。そこが恭太は気になった。

「何歳？　恭太くんは」

ショートボブの黒髪を揺らしながら、由衣は恭太の顔を覗き込んできた。

横座りのその身体の距離がかなり近い。タンクトップから出ている色白の肌がやけに眩《まぶ》しい。

「に、二十二歳です」

なんだか甘い香りまでしてくる。一気に惑わされる恭太の目はもちろん、タンクトップの胸元で、先ほどからチラチラと見えている巨乳に向けられていた。

「そうかふたつ年下かあ、若いから元気なのも仕方がないよね」

少しねっとりとした口調で肩を寄せながら、由衣は囁いてくる。誘惑されているのか、調子に乗ったところで怖い人が出て来たりするのか。

さすがに女子寮の中で、ぼったくりバーのようなパターンはないと思うが、恭太は混乱するばかりだ。

「あの、仲野さん、どうして僕をここに……警察に通報されても仕方がないと思っていたので」

由衣はなにがしたいのか。逃げ出すわけにもいかない恭太は、思い切って聞いた。

「うふふ、恭太くん、ずっと私のおっぱい見てるよね。好きなの？　大きいのが」

恭太の質問には答えずに、由衣はタンクトップの背中に手を入れた。そして少しもぞもぞと動いたあと、白いブラジャーをするりと抜き取った。

「Fカップあるのよ。ほら」

ストラップがないタイプのブラジャーを裏返しにして、目の前のテーブルに置き、由衣はもしかして、ちっぱいのほうが好きなの、と再び質問してきた。

ブラジャーの裏側の柔らかそうな白い布地を、恭太は目を剥《む》いて見つめていた。

「い、いや、大きければ大きいほど、はい、好きです」

女の香りがムンムンとする白のブラジャー、サイズはFだと言った、そのカップはかなり深い。

そして横に目をやると、ブラがなくなった由衣の胸元は、タンクトップの薄い生地に小柄な身体には不似合いな大きな膨らみと、ふたつのボッチが浮かんでいる。

恭太は一気に頭が熱くなり、反射的に巨乳好きを認めてしまった。

「ふふ、嬉しいわ。恭太くんが巨乳が好きなのと同じようにね、うふふ、私も大きいのが好きなのよ」

さらに淫靡《いんび》な笑みを浮かべた由衣は、部屋着のズボンのまま来てしまった恭太の股間を、少し小さめの手で揉んできた。

その手つきはソフトでありながら、男を刺激する絶妙な動きをしている。

(そのパターンか!)

巨根が好きだと堂々と言った女看護師に、恭太は大学の先輩女性を思い出していた。

恭太が一年生のころに、一緒に銭湯に行った男の先輩が、どこかで恭太が巨根だと話したらしい。

それを聞いた、当時、三年生だった女の先輩に迫られたのだ。

『君の大きいのを見せて……』

そのときの先輩の雰囲気もいまの由衣に似ている。意志の弱い恭太は結局、そのまま流されて、エッチな先輩としてしまった。

交際はせずセフレのような関係だったのだが、その人は欲望や快感に積極的なタイプで、女性の感じさせかたもいろいろと教わった。

先輩が就職活動をすることになり、自然消滅してしまったが、いまでも時折、あのころの濃厚なセックスを思い出す。

（でも結局、別れた彼女とはそんなの出来なかったな……）

そのあとで付き合って、先日別れた恋人には、あまり淫らな行為は出来なかった。

真面目な子だったので、恭太自身に遠慮もあったのかもしれない。セックスはしたが、その女の先輩のときに比べたら、行為そのものに盛りあがりはなかった。

「じゃあ、診察しまーす」

そんな思い出に浸っている間に、由衣は恭太のズボンを下ろしてきた。

そのままトランクスもずらされて、肉棒がポロリとこぼれ落ちた。

「わあ、萎《しぼ》んでても大きいのね、んんん」

恭太が驚いている間に、由衣は肉棒の根元を持ちあげ、身体を前に出して大胆に舌を這わせてきた。

敷物が敷かれた床に座る恭太の股間にのしかかるような感じで、小柄な看護師の舌が動き回る。

「はっ、はうっ、仲野さん、うう」

好きだというだけあって慈《いつく》しむような舐《な》めかただ。ピンク色の舌が亀頭のエラや先端部をねっとりと這い回っていく。

甘い快感が腰を震わせ、恭太は思わず声をあげてしまった。

「んんん、由衣でいいわよ。あふっ、んんんん」

少し濡れた目で恭太を見たあと、由衣は身体をさらに前に出し、唇で亀頭部を包んできた。

一気に硬化していく肉棒を大胆に飲み込み、ショートボブの頭を振ってくる。

「うう、くう、由衣さん、うう、ああ」

そのテクニックはほんとうに巧みで、唾液を絡ませながら、肉棒を口腔の粘膜で包み込んでしごきあげる。

ねっとりと濡れた頰裏の肉が、まるで軟体動物のように肉棒を貪っていた。

「んんん、んふ、んんんんん」

もう肉棒は完全勃起し、根元の辺りが脈打っている。由衣の動きはさらに激しさを増し、激しく頭を振りたてていた。

そしてその動きにつられて、タンクトップの下でノーブラのバストがブルブルと勢いよく弾むのだ。

「うう、くうう、うう」

快感に喘ぎながら、恭太は乳房の揺れに吸い寄せられるように、手をそこに伸ばしていく。

布越しにFカップのバストに触れると、指がどこまでも食い込んでいきそうだ。

(もっと)

こうなるともう止まれない。こんどはタンクトップの脇のところから手を入れ、直接、その巨乳を揉みしだいた。

「んんん、んふ、んく」

肌にも張りがある肉房を味わうように揉むと、由衣は鼻息を漏《も》らした。

前屈みの身体を、ショートパンツのお尻と共にくねらせる美女に、恭太も興奮してきて、先端にある乳首を軽く摘まんだ。

「んんん、んくう、んんん」

快感の鼻息がどんどん荒くなっているが、それでも由衣は怒張に吸いついている。

肉棒が痺れるような快感に恭太も悶えながら、彼女の乳首をこね回した。

「んんんん、ぷはっ、いやあん、そんな風にしたら、舐められないよ」

指の間で乳首をつぶすようにしてしごくと、由衣はついに耐えかねたように肉棒を吐き出して、身体を起こした。

大きな瞳はすでにうっとりと濡れていて、彼女の唇と恭太の股間にある肉棒も唾液にまみれて光っていた。

「ふふ、おっぱい見たい？」

タンクトップの脇から恭太の手が抜ける。由衣はいたずらっぽく笑い、自分の両手でノーブラの乳房を持ちあげた。

「み、見たいです」

もう反射的に恭太は頷《うなず》いていた。ボッチが浮かんだそこを血走った目で見つめながら、頭をなんども振りたてた。

「素直ね、いいよ見せてあげる」

由衣は自ら裾《すそ》を捲りあげ、タンクトップを頭から抜き取った。

「おお」

小柄で華奢《きやしゃ》な感じの身体に対し、アンバランスに膨らんだ巨乳は、二十四歳らしい見事な張りと丸みを保っていた。

そしてその頂上にある乳頭部も小粒で、色は薄桃色をしている。ただもうすでに先端は勃起していた。

「見るだけでいいのかな、恭太くんは」

タンクトップをうしろに投げ捨て、ショートパンツだけの姿になった由衣は、微笑みながら両腕を前に伸ばしてきた。

「もっ、もちろん、見るだけで収まりません」

その腕の中に吸い寄せられるように、恭太は彼女の胸の中に顔を埋《うず》めていく。

もう恭太の頭から、あとでひどい目にあわされるのではという疑いなど消えている。

「すごく柔らかいです」

この美しいバストに永遠に埋もれていたい、そんな思いを抱きながら由衣の小柄な身体を床に敷かれた敷物に押し倒し、乳房に舌を這わせた。

「あっ、やあん、あっ」

双乳をゆっくりと揉みながら、乳首を舌先で転がすと、由衣は甘い声をあげて身体をくねらせた。

乳房の柔らかさは素晴らしく、恭太は両手でそれを味わうが、彼女を感じさせること も忘れていない。

「あ、あああん、意外と、ああ、馴れてるの？　恭太くん」

大学の先輩女子との経験がこんなところで役に立っている。まあ恭太の見た目が明らかに童貞っぽいから、由衣が不思議がるのも仕方がない。

「由衣さんの乳首がとってもエッチだから、んんん」

ただここで他の女の話をするのもよくないと思い、恭太は唇で乳頭を挟んで少し引っ張ってから離した。

「あ、やあん、それだめ、あ、あああん」

由衣はさらに声を大きくし、身体全体をくねらせて喘いでいる。

小柄で幼げな彼女が見せる色っぽい表情が、なんとも男の情欲をかきたてる。そして同時に恭太は、自分の身体の両側でユラユラと揺れている白い下半身も気になった。

（この奥も……）

ショートパンツだけの由衣に覆いかぶさっている身体を、恭太は少し起こし、片手だけを下に滑らせた。

「ああ、恭太くん、ああ、はあああん」

恭太の指がショートパンツの中にあるパンティの奥に侵入し、小粒な突起を捉えた。

その瞬間に、由衣は背中を大きくのけぞらせて、甲高《かんだか》い喘ぎをワンルームの部屋に響かせた。

「あ、ああああん、ああ、そこ、あああ」

クリトリスを刺激すると、由衣はもう切羽詰まった顔で腰をくねらせる。

そんな中でも、彼女は恭太の勃起した肉棒に、慈しむように指を絡ませてくるのだ。

「もう欲しいんですか、由衣さん」

時折、指が触れる媚肉はすでに大量の愛液にまみれている。

挿入しても大丈夫だというのはわかっているが、由衣の淫らな顔をもっと剝きだしにして見てみたいと、恭太はあえて聞いた。

「あ、ああん、欲しいわ、恭太くんの大きなおチンチン」

欲望に正直なタイプの彼女は、二重の瞳をうっとりとさせて、恭太の肉棒をギュッと握ってきた。

その間も、ショートパンツの腰がクネクネとずっとよじれている。

「わかりました、いきますよ」

発情した女の淫気がムンムンと立ちのぼってくる。ショートパンツとその下から現れた白のパンティを脱がせた恭太は、仰向《あおむ》けの彼女の両脚を割り開く。

(すごい、もうドロドロだ)

ぱっくりと割り開かれた染みひとつない内腿の奥に、薄めの草むらの土手がある。その下でピンクの媚肉を晒《さら》している秘裂は、ビラは小さめだが中は肉厚で大量の愛液が溢れていた。

淫らさを見せつけるように微妙な開閉をするそこに、恭太は先ほどからずっと昂ぶりっぱなしの肉棒を押し出した。

「あ、あああん、すごい、硬い、あ、あああん」

亀頭がゆっくりと膣口《ちつこう》の中に吸い込まれていく。同時に由衣はさらに声を大きくし、敷物のうえの身体を小刻みに震わせている。

だらしなく開かれた両脚もブルブルと引き攣《つ》っている。かなり敏感な肉体のようだ。

「うう、由衣さんの中もすごく熱いです」

ねっとりとした愛液にまみれた媚肉が、ギュウギュウと亀頭を締めつけている。

小柄な身体だから膣道も狭いのか、肉棒を絞るような動きを見せていた。

(いや、由衣さんの締めつけがきついんだ)

その強さはいままで経験した女性の中ではいちばんだ。ただそんなに経験があるわけではないので、あくまでも恭太にとってはだが。

濡れた媚肉で肉棒を絞られる感覚はたまらない。それを味わうようにじっくりと恭太は彼女の中に入っていく。

「あ、あああん、いい、あああ、ああ、奥、ああ」

やがて亀頭が膣奥に達すると、由衣は切ない声をあげて恭太を見つめてきた。

その蕩《とろ》けた瞳は快感に溺れきっている。だが恭太の巨根はここで終わりではない。

「まだまだいきますよ」

慌てることなく、ゆっくりと腰を前に出す。膣奥からさらに奥に向けて怒張が入っていった。

「えっ、まだ来るの、あ、ああ、あああん」

亀頭が濡れた膣奥を押し広げながら、子宮口を押しあげて最奥に達する。

驚きの表情を見せた由衣は、大きな瞳をさらに見開いたまま、唇をパクパクとさせていた。

「すいません、苦しかったですか？」

心配になって恭太は最後まで入れたところで動きを止めた。なにしろ小柄な彼女なので、痛いのではないかと思ってしまう。

「ううん、こんなに深いの初めてだからびっくりしちゃっただけ。もうこの辺りまできてるよ」

少し笑った由衣は、自分のお腹の辺りを手で擦った。どうやら痛かったりするわけではないようで、恭太はほっとした。

「じゃあ、動いてもいいですか？」

「うん、いっぱい突いて」

恭太の言葉に由衣は照れたように笑った。そのはにかんだ笑顔が、年上の女性だというのにたまらないくらいに可愛らしい。

気持ちのほうも燃えてきて、恭太は腰を大きく使って怒張を動かした。

「あ、あああん、いい、ああ、これ、あああん」

腰を引いて亀頭のエラが膣道を擦るのと同時に、由衣は仰向けの身体をビクンと引き攣らせた。

愛らしい彼女だが、快感への感受性はかなりのようだ。恭太はそのまま勢いをつけて、怒張を奥に突き立てる。

「ああん、ひいいん、いい、あああ、すごいい、ああん」

仰向けでも小山のように盛りあがっているFカップがブルンと弾み、下腹が小刻みに波打っている。

始まったピストンに見事に反応し、由衣は大きく唇を割ってよがり泣く。

「僕もいいです、くうう」

激しく腰を使い恭太は由衣を責めたてる。野太い肉茎がぱっくりと口を開いた膣口を出入りし、愛液が飛び散っていた。

「ああ、ああ、お腹の奥に来てる、ああん、ああ、ひいん」

巨乳を激しく波打たせながら、由衣もどんどん快感に没頭していっている。

幼げな顔が歪み、瞳が泳ぐ。半開きの唇の中でピンクの舌が動いているのが淫靡だ。

「由衣さんっ」

恭太の興奮も高まり、うえから覆いかぶさって唇を押しつけた。

そのまま舌を入れ、激しく絡ませて吸っていく。

「んんんん、んくうう、んんんん」

由衣も下から恭太の肩を摑んで、それに応えてくれる。唾液にまみれた舌同士がねっとりと絡み合い、クチュクチュと音があがる。

同時にピストンも続けているので、下からも粘っこい音がしていた。

「んんんん、ぷはっ、ああ、激しいのね、恭太くん。気持ちよすぎておかしくなりそう、あん」

唇が離れて、由衣が苦笑いしたときに肉棒が膣奥に強く突き刺さった。

強い快感が来たのか、由衣は乳房が波打つほど身体を引き攣らせる。

「もうっ、仕返ししちゃうから」

恭太の思うさまに感じさせられていることに、少しくやしそうな顔を見せた女看護師は、そう言って恭太の肩を押してきた。

肉棒は飲み込んだまま、恭太を逆に床に寝させ、こんどは由衣がうえになった。

「あああん、いいわ、ほんとにこれ、ああ、あああ」

騎乗位に体位が変化し、由衣はうっとりとした顔を見せながら腰を使いだす。

肉棒を味わっているという感じの腰使いで、濡れた膣奥を天に向いた怒張に擦りつけてきた。

「くう、由衣さん、うう、これ、すごくいいです」

奥の媚肉が亀頭の先端にある尿道口の辺りを、小刻みな動きで擦っている。

腰まで痺れるような快感がわきあがり、恭太は歯を食いしばりながらこもった声をあげた。

「うふふ、恭太くんの感じてる顔、可愛いわ」

少し身体を倒して、恭太の顔を覗き込みながら、由衣は、こんどは張りのある桃尻を上下に揺すってきた。

白尻が上下するたびに、締まりの強い媚肉が怒張をしごいていく。

「はっ、それ、くうううう」

先端から根元まで、隙間なく密着した濡れた媚肉が上下にぬめりながら動くのだ。

肉竿《にくざお》全体が一気に痺れ、恭太は敷物のうえに寝た身体をよじらせて喘いだ。

「たくさん気持ちよくなってね、私も、あああん」

恭太が快感に喘ぐほど、由衣はその桃尻の動きを速くしていく。尻肉が恭太の股間にあたり音を立てていた。

そして由衣はFカップの巨乳を弾ませながら、自分も快感に溺れていく。

「ああ、由衣さん、ううう、くううう」

波打って踊る乳房、悦楽に浸る幼げな顔。恭太もまたそれに煽《あお》られて興奮を高めていく。

由衣のお尻の上下動のリズムに合わせて、下から恭太も肉棒を突きあげた。

「はあああん、それだめえ、あああん、あああ」

肉棒がいったん膣口から抜け落ちる寸前まで下がったあと、一気に膣奥を突いた。

由衣はもうたまらないといった風にのけぞり、切羽詰まった声をワンルームの部屋に響かせた。

「由衣さんももっと感じてください」

両手を伸ばして揺れる乳房を鷲《わし》づかみにし、恭太は激しく下からピストンする。

濡れきった狭い膣奥に亀頭が擦られ、強い快感が突き抜けるが、懸命に腰を振り続けた。

「ああ、気持ちいい、ああん、私、はあん、もうイッちゃいそう」

乳房を掴んだ恭太の手に、自分の手のひらを重ねながら、由衣は限界を叫び、さらに腰使いを激しくしてきた。

この幼げなルックスの美女は、どこまでも貪欲に肉棒を貪ってくる。

「うう、僕も出そうです」

たわわな乳房を握りしめながら、恭太も顔を歪めた。桃尻が勢いよく上下し、濡れた媚肉が肉棒のすべてをしごきあげている。

頭の芯まで快感に痺れきり、腰が勝手に震えていた。

「ああん、来て、ああん、私、避妊薬もってるから、昼間みたいに勢いよく出してえ、ああん、もうだめえ」

　昼間の恭太のオナニーでの射精を思い出しているのだろうか、由衣はそんなことを口走りながら、お尻をこれでもかと恭太の股間に叩きつけてきた。

「はいいい、くうう、イキ、ます、由衣さんも、おおおお」

　彼女と同様に快感にのたうちながらも、恭太は自分も下から腰を突きあげる。

　怒張が激しく膣奥を突きあげ、肉と肉がぶつかる音が部屋に響き渡った。

「あああ、イク、あああ、イッ、イクうううう」

　恭太の両腕を摑んだ女看護師は、前屈みになっている身体を震わせて、エクスタクシーにのぼりつめた。

　恭太の腰を跨《また》いだ両脚がビクビクと痙攣《けいれん》し、さらに収縮した媚肉が肉棒を強く締めあげてきた。

「くうう、俺も、うう、イク」

　その強い締まりに恭太も限界を迎え、怒張をビクビクと脈打たせた。

　ドロドロに蕩けながらうごめいている膣奥に向かって、勢いよく精液を放っていく。

「ああ、ああん、恭太くんのが来てる、ああ、熱いわ、ああ、はあん」

　由衣は背中を丸めたまま、なんども身体を震わせて絶頂に酔いしれている。その顔は恍惚《こうこつ》としていて、精液を受け止めることにも快感を得ているように見える。

瞳はうっとりと目尻が下がり、唇を大きく開いたまま舌まで出したその顔は、淫情に溢れていた。

「ううう、俺も、くうう、まだ出る」

そして彼女の媚肉はずっと小さく動いていて、その動きに吸い込まれるように恭太は射精を繰り返す。

巨乳を握りしめたまま、恭太は歯を食いしばり、延々と腰を震わせ続けた。

第二章　M女医のよがり声

　エッチな美人看護師の、Fカップの肉体に溺れた一夜のあと、しばらくあの巨乳と締まりの強い媚肉の感触が消えなかった。

　あの日、お互いの連絡先を交換して別れた。以降、由衣から連絡が来て、また塀をのぼって忍び込んでセックスしたりしていた。

「ここは男性は立入禁止です。それはわかっていますよね」

　暇人の恭太はともかく、由衣は仕事があるので毎日ではない。今夜は自室のデスクでめずらしくレポートを書いていると、窓の外から女の声が聞こえてきた。

（え、玲那さん……）

　看護師寮の一階のいちばん入口に近い部屋に住み、寮長を務めているという飯島玲那を、恭太は心の中で玲那さんと勝手に呼んでいた。

　もちろん交流があるわけではない。なんどか家の前の道路で偶然遭遇し、挨拶を交わしたくらいだ。

そのときも清楚で美しかった。窓越しに聞こえてきた彼女の声は、少し怒気を含んでいるように思えた。

(なんだろう)

こちらから見ていると気づかれたらバツが悪いので、恭太は部屋着のTシャツにハーフパンツのまま、物干しのベランダに這うようにして出た。

初夏の夜の気温は過ごしやすく、この格好でもとくに寒くも暑くもない。

「そんなに堅苦しくしなくても、いいじゃないですか」

夜も寮の外廊下は灯《あか》りが点いたままなので、真っ暗な恭太の家のほうからは様子がよく見える。

玲那の部屋のドアの近くで、玲那とひと組の男女が言い合いになっていた。

「規則は規則です。ちゃんと守る約束で寮に入ったんでしょ」

部屋着だろうか、玲那は恭太と同じように、Tシャツにハーフパンツというラフな格好で廊下に仁王《におう》立ちしている。

一方で男女のほうは、外出をするような服装だ。そして言い争っていると言っても、会話をしているのは玲那と女だけで、男のほうは困ったような顔をしている。

（うわあ……）

状況から見て、どうやら彼氏を連れ込んでいた女性看護師が、寮長である玲那に見つかってとがめられているようだ。

由衣からの情報では玲那は、二十七歳で独身。真面目すぎる性格らしかった。

その堅物がたたっているのか、恋人がいるという話は聞いたことがないと、由衣は語っていた。

「ルールを守らないのが当たり前のように言わないで」

玲那はかなりお怒りのようだ。男子禁制の寮に男を連れ込んでいる後輩を簡単に許すことは、彼女の性格では出来ないのだろう。

そして、その禁を破って寮に忍び込んでいるのは、恭太も同じだ。しかも恭太に至っては塀を越えてベランダから入るという、不審者のようなまねまでしている。

バツが悪くて恭太は、隠れるように木製の物干し用ベランダの床に腹ばいになって様子をうかがっていた。

「すいません、ほんとうに反省します」

カップルの女のほうは不満げだが、男のほうはなんども頭を下げて謝っている。

外部の人間に頭を下げられて、玲那の怒りも少し収まってきたようだ。

（怒っている玲那さんも魅力的だ……）

とにもかくにも玲那は恭太の好みにドンピシャだ。さすがに細かい表情までは距離があって見えないが、少し厚めの唇をへの字にしている顔も美しい。

Ｔシャツの突き出した胸元、細身の引き締まったウエスト、なのにヒップは緩めのハーフパンツでもわかるくらいに豊満だ。

「今後は外で会ってくださいね」

「はい、すいません」

男性に促されて、女性のほうも玲那に頭を下げて外に向かっていった。

玲那も大きなため息を吐《つ》いたあと、自分の部屋のドアを開く。そのとき見えた色白の横顔に恭太は胸が震えた。

「ふう」

玲那も部屋に入り、恭太はようやく身体を起こした。そして寮のほうを見ると、角部屋のベランダに由衣が立っていて、恭太のほうを指差してお腹を抱えている。

腹ばいになっていた恭太の姿をずっと見ていたのだろうか、おもしろくてたまらないようだ。

（バレたらあんたも一緒に説教だからな）

そう言いたいが声を出せない恭太は、由衣にわかるようにしかめっ面を作って自室に戻っていく。

ただもしほんとうに由衣との関係が玲那に知られてしまったら、きっと軽蔑されるだろう。そんな思いに囚われたとき、恭太はなぜか胸の奥が痛くなるのだった。


それから三日はとくになにも起こらず、静かな日々を過ごしていた恭太だったが、夜中になってもう寝ようと思っていると、母がドタドタと階段をあがってきた。

「恭太、お父さんがお腹痛いんだって、病院まで一緒に来て」

ノックもせずに恭太の部屋のドアを開いた母は、息を弾ませてそう言った。

「お腹？　なにを食べたんだよ」

夕飯は家族同じ物を食べるが、父は昼間仕事に行っているので、昼食は外食になっている。

どうせ生ものでも食べたんだろうと思いながら降りていくと、パジャマ姿の父がお腹を押さえて苦しんでいた。

「ええ！　これ救急車じゃなくていいの？」

その苦しみっぷりに恭太は少々驚いたが、母は家の車で送ると言う。

「N病院に電話したら、ちょうど内科の先生が当直でいるから連れてきてくださいって言ってくれたから」

由衣や玲那も勧めるN病院。あそこなら確かに救急車を呼ぶよりも、家の車で行ったほうが早そうだ。

「着替えてくるよ」

そんな会話をしている間も、父は「うーうー」とうなっているので、早く連れていったほうがいいだろう。

恭太の車はないが、父の車は時々運転している。服を着替えてその車に父を担ぎ込んで走らせた。

「お待ちしておりました。ここからどうぞ」

救急用の入口にいくと、事務員らしき人が待っていた。もう話がとおっていたようで、すぐに救急用の処置室に入れてくれた。

そこから父は点滴を打ちながら、レントゲンなどを撮り、恭太と母は診察室で病状の説明を受けることになった。

「食中毒だと思います。お薬でお腹の痛みもとれてきたので心配はないとは思います、画像にも異常は見られませんし」

父を担当してくれた内科医は女性だった。カールの髪にすっきりとした切れ長の瞳で、知性を感じさせる美女だった。白衣がよく似合っている。

ただ唇だけ、ぽってりとして厚いのが色っぽい。

（すごい美人だな……N病院は美形揃いなのか？）

デスクの前に座って父の病状を説明してくれている美人女医のうしろには、看護師の制服姿の由衣が立っている。

こちらも可愛らしいルックスで、たまにちらりと恭太に顔を向ける。看護師姿を見るのは初めてだったので、かなり新鮮だ。

（玲那さんはどんな感じなんだろうか）

女医さんは丁寧に説明しているが、恭太はそんな邪《よこしま》なことを考えているから、まったく頭に入ってこなかった。

「ただ脱水症状が見られますから、今日明日くらいは入院して様子を見ましょうか」

入院という言葉を聞いて、ようやく恭太ははっとなった。同時に重症ではなかったようでほっとした。

「では受付のほうで書類にご記入をお願いします」

入院の申し込みが必要なので、事務員の人がやってきて、母はそちらについていった。

父は点滴が終わるまで処置室にいて、それから空いている部屋に移るそうだ。

「お世話になります」

説明を聞いた診察室には恭太と女医、そして看護師の制服姿の由衣だけとなった。

まあ由衣といつものような会話をするわけにもいかないし、恭太はふたりに頭を下げて廊下に出ようとした。

「多田《ただ》先生、達山さんのご一家は新しい寮の裏手のお家のかたなんですよ」

背を向けようとしたそのとき、由衣が笑顔でそう言った。

「あらそうなの。こんど私も寮でいっときお世話になることになりますので、よろしくお願いします」

美人女医はイスから立ちあがって丁寧に頭を下げた。

「えっ、先生がですか？」

看護師の寮だとは聞いていたが、医師もあそこに住むのか。勝手なイメージだが医者なら、もっといいマンションに住めるくらいの収入はありそうだが。

「いま住んでるお家の上の階が火事になっちゃって、私の部屋も放水で全部水浸しになってしまったんです」

恭太の驚きの理由を察してくれたのか、女医は微笑んでそう言った。ぱっと見は少々きつめにも見えるが、話しだすと声が可愛くて印象が和《やわ》らいだ。

「あ、そうですか、こちらこそよろしくお願いします」

恭太も挨拶を返して、なぜか半笑いの由衣に見送られて診察室をあとにした。

父は二日ほど入院しただけで退院し、帰ってきてすぐにビールを飲もうとして母に怒られていた。

そして父を担当してくれた例の美人女医は多田美咲子《みさこ》というらしい。三十歳で独身だと由衣が教えてくれた。

「チラチラおっぱい見てたよね恭太くん」

恭太自身はとくに意識していたつもりはなかったが、目が勝手に動いていたのだろうか、あのあとまた由衣の部屋に忍び込んだ際に、妬《や》けちゃうなと言われた。

「Gカップあるらしいよー、お尻もムチムチ」

由衣はなんだかニヤニヤしながら、両手の指をクネクネと動かしていた。

そのときの目がなんだか危なそうな感じで、恭太は少し引いた。由衣と美咲子は仲がいいそうだ。

（ほんとスケベを絵に描いたような人だな……）

由衣は年中発情している猫のようだ。恭太とのセックスにおいても貪欲で、先日も一晩で三発も搾り取られた。

「はあ、いつか見つかりそう……」

もちろん可愛らしくて、グラマラスな看護師と出来るのだから、恭太も嬉しいのだが、塀を越えて寮に忍び込むのを繰り返していたら、いつか玲那に見つかりそうだ。

だからといって恭太の家には両親もいるので、由衣を呼び込むわけにもいかない。

外で会う方法もあるが、由衣から呼び出しがくるときはいつも夜に部屋に来てと、突然言われるし、デートという雰囲気にもならなかった。

（どうなんだろうな、俺らの関係は……）

セフレというのが正しいのだろうか。そんなことを思いながら、恭太はコンビニに買い物に行き、自宅への道を歩いていた。

「あれっ、先生」

夕陽に照らされた看護師寮の近くまでくると、建物の入口の辺りに人影が見えた。

薄手のブラウスに膝丈のスカートを穿いた美女は、先日、父がお世話になった内科医の多田美咲子だ。

ちょうど彼女のことも思い出していたので、その胸の膨らみが妙に気になってしまった。

「あ、達山さんの息子さん」

美咲子のほうも恭太の姿に気がついて、顔をあげた。その顔はなんだか困っている風に見える。

そんな美女の足元には大きな段ボール箱が置かれていた。

「恭太です。どうかされたんですか？」

「この段ボール、部屋の中まで運んでくれる予定だったんだけど、ここまでって言われて置いていかれちゃったの」

美咲子は少しオロオロとした感じで言った。先日、夜の病院であったときの凛々《りり》しい女医姿とは少しギャップがある。

荷物のほうは整理棚らしいが、運送屋が建物の前までとしか聞いていないと言って、ここに置いて帰ったらしい。

「ええ、ここって道路じゃないですか。ひどいなあ」

聞いていないにしても、道路に放置して去っていくとは、どうにもひどい運送屋だ。

しかも寮にはエレベーターはなく、美咲子の部屋は二階らしい。

「持てるかな、よいしょっと」

とりあえず恭太は段ボール箱を両手で持ちあげてみた。女性の力では無理だろうが、恭太ならなんとか階段ものぼれそうだ。

「僕がお部屋の前まで持っていきましょうか」

「ええっ、そんな申しわけないわ」

「いいですよ。父さんもお世話になりましたし」

困っている女性を見捨てて帰るわけにもいかない。恭太はあらためて段ボール箱を抱え直して、彼女に言った。

男子禁制の寮ではあるが、荷物を入れるくらいなら、もし玲那がいても許してくれるだろう。

「ごめんなさい、ありがとう」

美咲子は恭太に頭を下げてから、マンションの入口に向かっていく。

階段はけっこうきついが、息を切らしながらのぼり、外廊下を歩いていった。

(うわ、隣じゃねえか)

なんと美咲子の部屋は由衣の隣の部屋だった。壁は厚いと由衣は言っていたし、美咲子も最近、引っ越してきたばかりだろうから、アノ時の声を聞かれている心配はないと思うが。

「ありがとう、お茶入れるから待ってて」

美咲子の部屋は、由衣の部屋とほとんど同じ間取りのワンルームだ。そして、まだ越してきたばかりで段ボール箱が積みあがっていた。

「前の家の使える家具も持ってきたから、狭くてごめんね」

言われてみれば確かに、座卓に加えて恭太が使っているようなデスクもある。きっともっと広いマンションに住んでいたのだろう。

「大変ですね、上階が火事なんて」

消防車は火を消すために大量の放水を行うので、当然ながらその下階は水浸しになるそうだ。

おそらくは電化製品などは全部だめになってしまったのだろう。水に弱いような家具はほとんどなかった。

「まあ、仕事で勤務してたときだったから、怪我とかなかっただけでもよかったわ。あっ、そうだポットもだめになったんだった」

部屋から見える場所にあるキッチンで、美咲子はヤカンも処分してしまったから、どうしようと言い出した。

そしてしばらく考えたあと、冷蔵庫のドアを開いた。

「恭太くん、あっ、恭太くんって呼んじゃった。ねえ、もうこれ飲んでもいい歳？」

恭太のことを下の名前で呼び、にっこりと笑った美咲子の手にあるのは、缶ビールだった。

「は、はあ、二十二歳ですので、飲んでますが。でもここって一応、男子禁制のはずですから、部屋で一緒にお酒はまずいんじゃ」

お茶くらいならともかく、アルコールはさすがにまずいように思えた。

「今日は、寮長の玲那ちゃんも夜勤だって言ってたし、大丈夫だと思うわ、ふふ」

女医が率先してルールを無視していいものかと思うが、美咲子は楽しそうに缶ビールとおつまみを座卓のうえに置いた。

「はあ、まあ少しだけなら」

緩めのブラウスを着ていても、はっきりとわかるほどの巨乳の女医。

そんな人と飲む機会も今後ないだろうと、恭太は缶ビールを受け取った。

最初は一本だけのつもりだったが、それで終わるはずもなく。気がついたら座卓のうえには十本近い空き缶が並んでいた。

「じゃあ大学はもうすぐ卒業なんだね、いいなあ、私たちって、大学の六年間も実習や試験で目一杯だったし」

恭太がすでに単位も取って、毎日、ブラブラしていると聞いた美咲子は、自分の医大生時代の話をしてくれた。

医師国家試験に向けて、とにかく毎日大変だったそうだ。

「いや、なんか申しわけなくなってきました、はい」

医師になる人間の過酷さを聞いて、恭太は恐縮していた。

「やだ、そんな意味で言ったんじゃないのよ」

頭を下げた恭太を見た美咲子は慌てて身体を起こし、座卓のうえに身を乗り出した。

彼女もけっこう酔っているようで、切れ長の瞳が少し潤んでいる。その目で、座卓の対面にいる恭太をじっと見つめてくるのだ。

(う、胸が……)

会ったときからベージュのブラウス姿だった美咲子は、酔って暑くなってきたのか、胸のところのボタンをいくつか外している。

ピンク色に染まった胸元の肌と、その奥にあるGカップの谷間が覗いて、恭太は息を呑んだ。

紺色のブラジャーから大きくはみ出した柔肉も上気していて、三十歳の大人の女の色香をまき散らしていた。

「ん、どうかした、気持ち悪い？」

黙り込む恭太が心配になったのか、美咲子はそっと手を伸ばしてきた。

白く細い指の手のひらが恭太の首筋に触れた。

「あら、ちょっと脈が早いわ、平気なの？」

首筋で恭太の脈拍を見ているのだろうか、美咲子は首をかしげながら恭太に、その赤らんだ色っぽい顔を近づけてきた。

厚めの唇から漏れる吐息が、恭太の頬にあたる。脈が早くなっているのは、恭太の気持ちが昂ぶっているからだ。

「だ、大丈夫です、うっ」

思わず下に目線を逸らすと、こんどは座卓に身を乗り出している、美咲子の下半身が目に入った。

黒のタイト気味のスカートがずりあがり、白い太腿が中ほどまで露出している。

こちらもムチムチと脂肪が乗り、染みひとつない美しい肌が艶《なま》めかしかった。

「ほんとかな、顔も赤いけど」

美咲子はあくまで医師として心配しているのだろうか。だがもうそのプルプルとした唇は目の前に来ている。

どうにかしなければ、恭太のほうから吸いついてしまいそうだ。

「あ、あの、多田先生は、ご結婚とかは……」

なにか言わねばと思って絞り出した言葉がそれだった。妙齢の女性に対して、かなり無粋な質問だと、言ってから後悔した。

「え、いないわよ、そんな人」

驚いたような顔になった美咲子は、座卓に乗り出した身体を起こした。

「いたら寮なんか来ないで、彼氏のところに行くわよう」

そしてそのまま、なんとうしろに積んである段ボール箱に向かって倒れ込むように、もたれかかった。

座いすにでも座っていると思っていたのか。恭太はいま気がついたが、美咲子はけっこう酔いが回っているようだ。

「きゃあ」

三段以上積みあがった段ボール箱に向かって、背中からダイブするような勢いだったので、うえのほうの箱が崩れ落ちてきた。

美咲子も生の両脚を空中に投げ出すようにして、うしろにひっくり返った。

「だ、大丈夫ですか、先生」

色白の肉感的な生脚が、ほとんど根元近くまで晒されている。

大股開きのようなポーズをとった、美人女医に見とれそうになるが、恭太は慌てて立ちあがって、彼女のところに駆け寄った。

「大丈夫、えへへ、ごめんね大騒ぎして」

もう股間の近くまで捲れあがった、タイト気味の黒スカートも戻さず、酔っ払いの美女は頭を掻いている。

そんな姿はなんだか可愛らしいが、恭太の目は別のところに向かっていた。

崩れた段ボール箱にはテープが貼られていなかったようで、中身が美咲子のお腹のうえや、身体の横にぶちまけられたのだが、その荷物に目を奪われたのだ。

「えっ」

恭太が呆然となっているのに気がついて、美咲子もそちらに目をやる。

荷物の中身は数枚のＤＶＤだった。ただそれは映画ではなく、すべてアダルト系だ。

恭太がさらにびっくりとしたのは、そのタイトルで、

『感じすぎて失神、都内女医編』

『私をボロボロにしてください、女医三十五歳』

『女医輪姦』

そのすべてが女医がヒロインのAVばかりだったのだ。中には黒人の男性に、縛られた白衣の女性が囲まれているパッケージまであった。

「い、いやあああああ」

数秒経ってから美咲子は絶叫し、慌ててDVDをかき集めると、そのうえに身体を丸めて覆いかぶさった。

その悲鳴がそうとう大きく、恭太は聞きつけた他の住人がやってくるのではないかと焦りだす。

「お、俺、見てませんから、はい」

もうばっちりと見ているし、美咲子が隠しきれていないDVDのパッケージが、いまも床に転がっていたりもするのだが、とりあえず他に言葉が思いあたらなかった。

「うう、恥ずかしい……死んじゃいたい」

無言の時間がしばらく流れたあと、美咲子がようやく身体を起こした。

DVDを全部集めて、箱の中に戻そうとしている。そんな彼女の瞳には涙が浮かんでいるように見えた。

「いや、まあ俺も普通に見ますから、こういうの、はい」

なんとか美咲子に落ち着いてもらおうと、恭太は言った。

エッチなDVDくらいは誰でも見ると思うので気にする必要などない。自分など由衣にオナニーして射精した瞬間を見られてしまっても、こうして生きているのだ。

「うう、恭太くんも見るの？　アダルトDVDを……どんなの？」

崩れていた箱を恭太が積み直すと、美咲子はそこにDVDを入れた。お互いに立って並び、箱の中を見下ろしている。

美咲子は恥ずかしそうに顔を背けながら、恭太の袖を引っ張ってきた。

「ど、どんなのって、ふ……」

普通のものと言いかけて恭太は言葉をいったん飲み込んだ。

(そんなことを言ったら……先生を傷つけてしまうんじゃ)

女医もののAVを女医が見ていると知られて、恥じらっている美咲子に、普通のDVDです、などと言ってごまかしたらかえって傷つけてしまうのではないか。

恭太はとっさにそう思ったのだ。

「あの、きょ、巨乳ものが好きです……はい」

巨乳の女性を相手にとんでもないことを言っているのはわかっているが、もうごまかしても仕方がない。

実際のところアダルトDVDは巨乳ものしか見たことがなかった。

「巨乳？」

恭太の言葉に、美咲子はブラウスを大きく盛りあがらせる自分の胸元を見た。

「そっか……おっぱい好きなんだ……」

そしてボタンをひとつひとつ外し始めた。

「ちょ、ちょっと先生」

ベージュ色のブラウスの前が割れていき、紺色の生地に白のレースがあしらわれたブラジャーが姿を見せた。

Gカップの肉房は大きめのカップでも覆いきれず、うえからいびつに形を変えてはみ出していた。

「もうおばさんだから興味ないかな」

ブラウスを肩から滑らせて、美咲子はブラジャーとスカートだけの姿になった。

ウエスト周りもよく引き締まっていて、なによりも白肌が艶やかだ。

「い、いえ、おばさんなんてとんでもない。すごく綺麗です、先生は」

その白肌が羞恥でピンクに上気している。お互いに立って向かい合っているので、自分よりも背の高い恭太を見あげている、美咲子の潤んだ瞳がいじらしい。

その恥じらっている姿と、先日の夜間診療のときの凛々しい女医とのギャップが大きくて、それが恭太の心をさらに燃やした。

「ありがとう、全部、見て」

羞恥に頬を染めたその女医は、紺色のブラジャーも外して、足元に落とした。

解放を喜ぶように、ブルンと弾んで飛び出してきたGカップの巨乳は、下乳に重量感があり、乳頭部も斜めうえを向いている。

「すごいです、大きくて素晴らしいおっぱいです」

乳輪部は大人の女らしく、少し大きめで成熟している感じだが色は薄い。乳首は小さめで、清廉な感じももっていた。

「ああ、私ね、恭太くん。私と同じ女医が大勢の人に犯されたり、無茶苦茶にされたりするDVDを見たらすごく興奮するの」

スカートだけになった美咲子は、両腕をたわわなバストの下で交差させながら、腰をくねらせ始めた。

厚めの唇も開いていき甘い息が漏れている。そして切れ長の瞳はもう妖《あや》しく蕩けきり、牝《めす》の発情を見せつけていた。

（この人、マゾなのかな……）

恭太の前で肌を晒し、自分の性癖まで告白しながら、美咲子はさらに欲望をたぎらせているように見える。

女医が犯されるＤＶＤが好きだというのは、彼女の被虐的な願望が映像化されたものであるからだろう。

「触ってもいいですか？」

美咲子は恭太にも滅茶苦茶にされたいと望んでいるのか。どちらにしても、被虐的な瞳でこちらを見あげてくる女医に興奮が止まらない。

赤らんだ美しい顔が頷くのと同時に、恭太は目の前で小さく揺れている巨乳に両手を伸ばした。

「うん、好きにして……あっ」

恭太の手が迫っても、美咲子は身じろぎひとつしない。男の指が白く柔らかい肉房に食い込んだときだけ、少し腰を揺らした。

「すごくフワフワしてます」

由衣ほどの張りは感じないが、美咲子の乳房はかなり柔軟で、指が柔肉に吸い込まれていくような感触だ。

肌質がまたしっとりとしていて、恭太は夢中で揉んでいた。

「あ、あん、やだ、そんなエッチな揉みかた、だめ」

Gカップの、男の手にもあまる巨乳がいびつに歪むほど揉みしだくと、美咲子はさらに腰をよじらせて甘い声をあげた。

厚い唇も半開きになり、甘く切ない吐息を漏らしていた。

「乳首が尖《とが》ってますよ、すごく」

「あっ、いや、そんな、ああ……」

最初は普通だった乳頭部が、かなり強く勃起しているように見え、恭太はついそう口走ってしまった。

そしてその言葉を聞いたとき、美咲子はスカートの腰をビクンと引き攣らせた。

(すごく興奮してないか？　先生)

マゾッ気があるだろうというのは思っていたが、美咲子は羞恥に過敏なまでの反応を見せている。

まだ触れる前から乳首は尖りきっているし、恭太に自分の淫らな姿を見られることに興奮している様子だ。

「だって、ここエッチな感じですよ」

柔乳を手のひらで大きく揉みながら、恭太は指先を引っかけるようにして、両乳首を同時に刺激した。

「は、はああん、だめ、声が、ああ、あああん」

指が乳首に触れると同時くらいに、美咲子は淫らに喘いで、グラマラスな身体を震わせている。

過敏なまでの反応は、乳首からの快感だけでなく、言葉責めにも性の感情を燃やしているように見えた。

「美咲子先生がこんなにエッチな人だったなんて、この前の病院のときには想像もしませんでした」

父親を担ぎ込んだときの話を持ち出しながら、恭太はさらに硬くなってきたふたつの突起をこね回した。

「ああああん、そんな、ああん、だって、ああ、乳首をそんな風にされたら、ああ」

太腿が大きく露出するまでスカートが捲れた両脚を、擦り合わせるようにして身悶えながら、美咲子は訴えてきた。

瞳は妖しく潤んで視線も定まらず、目尻も垂れ下がり、診察室のときとは別人のようだ。

「スカートを穿いたまま下を脱いでください、自分で」

彼女がかなりのMであるのは間違いないと思う。恭太も開き直り、とことんまでこの女医をいじめて追いあげてやろうと決めた。

そして乳首を摘まみながら、彼女自身にパンティを脱ぐように命じた。もちろんそれも美咲子の羞恥心を煽るためだ。

「ああ、そんな……ああ……はい」

少したまらった美咲子だが、じっと自分を見下ろす恭太を上目遣《うわめづか》いで見たあと、両手をスカートの中に入れた。

そしてブラジャーと同じ、紺色の生地に白のレースがついたパンティを引き下ろすと、足先から抜き取った。

「見せてください」

「えっ、あっ」

おずおずとパンティを持ちあげた美咲子から、恭太はそれをひったくった。

まだ温もりのある紺地のパンティを、股布の部分がわかるように大きく開いた。

「すごく濡れてますよ、先生」

紺地の股布には大量の愛液が広がっていて、ヌラヌラと淫靡な輝きを放っていた。

布には吸収出来ない粘液が浮かびあがっていて、いまにも垂れてきそうなくらいだ。

「い、いや、恭太くん、ああ、だめ」

もう恥ずかしさが限界に達したのか、美咲子は両手で顔を覆ってしまった。

ただパンティを取り返そうとするような動きはみせない。お漏らしをしたような状態の下着を見られるという屈辱にも、彼女のマゾ性は反応しているのか。

「もっと、ちゃんとチェックしましょうね、先生」

年下の大学生の前で、少女のように恥じらって身悶える女医。恭太は嗜虐心と支配欲を燃やし、彼女をさらに責め抜くべく、その腕を握った。

部屋のすみにはベッドが置かれている。これも大きくてワンルームの部屋を圧迫しているようなベッドだ。

そのうえにスカートだけとなった美咲子の身体を押し倒していく。

「ああ、恭太くん、チェックってなにを、あっ、やあん」

うつ伏せでベッドに身体を投げ出した美咲子の足元にいき、恭太は彼女の腰を自分のほうに引き寄せた。

グラマラスな女医は、シーツに突っ伏し、スカートに包まれたヒップを斜めうえに掲げた体勢となった。

「診察ですよ。先生って普段は診察されることがないでしょ」

いつしかサディストを演じることに酔いしれている恭太は、目の前の黒スカートをぺろりと捲った。

バストにも負けないくらいに大きく実った桃尻が飛び出し、もちろんその奥にある女の部分も丸出しになった。

「ああん、いや、なにもかも出てる、ああ、いやあ」

美咲子はシーツをギュッと握って、恥じらいの声をあげた。ただその声色はなんとも艶めかしい。

「出てますよ、愛液もずいぶんと大量ですね」

わざとレポートするように言いながら、恭太は指を二本束ねて、その蕩けている媚肉に押し込んでいった。

「ひい、ああ、あああん、そこ、ああ、だめ、ああ」

熱くねっとりとした粘液にまみれたそこに、男の太い指がどんどん沈んでいく。

三十歳の媚肉はやけに吸いつくような感じで、挿入を喜ぶようにグイグイと指を締めつけていた。

「エッチな音がしてますよ、先生」

恭太はその二本指をゆっくりとピストンしていく。するとヌチャヌチャと音があがるのだ。

「あ、あああん、いや、もしかして、ああ、診察って」

突っ伏したまま、美咲子はこちらには顔を向けず、震える声で聞いてきた。

「もちろん、どうすれば先生が気持ちよくなるか、触診で確かめるのですよ」

恭太は桃尻の中心で口を開いている膣口をかき混ぜながら、もうひとつの手で、クリトリスも軽く刺激した。

彼女の羞恥心をたっぷりと煽りながら、どんどん感じさせていくつもりだ。

「あっ、ひいん、あ、ああ、ひああん、そこは、ああん、だめ、ああん」

どうすれば気持ちよくなるのか診察するという言葉を聞いたとたん、美咲子の豊満な尻たぶがブルッと震えた。

そして、クリトリスを撫でられると、もうたまらないといった風に喘いだ。

「ここも感じやすいですね、お好きなんですか、クリトリス」

間違いなく卑猥な言葉にも、マゾの性感が反応している。わざと淫語を使いながら、恭太は小さな突起をこね回していく。

指の先で丁寧に回すように、じっくりと愛撫していた。

「ああ、あああん、好き、あああん、クリちゃんすごく弱いの、あ、あああん」

自ら告白しながら、美咲子はさらに身悶えを大きくしている。突っ伏した身体の下でいびつに形を変えている巨乳が、身体の動きに合わせてさらに大きく変形する。

恭太のほうに突き出された桃尻には、汗まで浮かんでいた。

「もう勃起してますよ、エッチなクリトリスですね」

その敏感な肉芽をこんどは軽く摘まんで、上下に軽くしごきあげていく。

「ひあ、そんな風に、あああん、だめ、あああん、ひいん」

美咲子は激しくよがり泣き、全身をガクガクと震わせている。シーツのうえで膝を折った両脚が引き攣り、白肌も波打っていた。

「おっ、お尻の穴もヒクついてますよ。いやらしい」

「ああ、見ないで、お尻はもっと恥ずかしいの、ああん、いやああ」

彼女の反応が大きくなるにつれ、桃尻の間ではセピア色のアナルが小刻みに脈動していく。

本人の意志の外で勝手にうごめいている肛肉を見つめられ、美咲子はたまらないといった風に顔をシーツに擦りつけた。

「ふふ、顔を隠したらだめですよ。ちゃんと診察出来ません」

羞恥と快感にのたうっている美人女医がいまどんな顔をしているのか、恭太も俄然興味がわいてきて、彼女の脚を摑んで反転させる。

スカートが腰まで捲れた白い身体がごろりと回り、ベッドのうえで仰向けになった。そのまま両脚を恭太の手によって開かれ、股間が丸出しになる。

「ああ、いやあ、こんな顔見ないで恭太くん」

その開いた両脚の間に身体を入れた恭太に、美咲子は悩ましげに訴えてくる。ただ顔を手で隠そうとはしていない。

頬は真っ赤に染まり、厚めの唇は半開きになったまま、ハアハアと湿った息を漏らしている。

そして切れ長の瞳はもう凜々しさのかけらもなく、淫情に濡れて蕩けていた。

「さあ、いよいよここですよ。ドロドロですね」

二本指はいまだ彼女の膣内に入ったままだ。その奥に向かって恭太は指先を突き立てながら、美咲子の羞恥心を煽りたてた。

「あ、意地悪、ひいい、奥、あああん、だめえ、あああん」

男の太い指が二本、膣の最奥をまさぐる。蜜のように濃厚な感じのする愛液にまみれたそこを責められると、美咲子は仰向けの上半身をのけぞらせた。

彼女の顔は完全に崩壊していて、頬が真っ赤に染まり、目線も定まっていない。

「どの辺りがいちばん感じるんですかね」

指の腹を使って膣奥のいろいろな場所を軽く突いていく。そのたびにあっ、あっ、と美咲子はグラマラスな身体を悶えさせる。

喘ぐ美人女医の顔を見つめながら、恭太はそれを繰り返した。

「あっ、あ、ああん、そこは、あああああ、ひぃいいいん」

膣奥の、恭太から向かって左側の天井部分、美咲子からすれば右側の奥を突いたときに、よがり声が激しくなった。

仰向けに寝た、スカートが腰にまとわりついているだけの身体がビクンと反応し、内腿が波打つほど引き攣っていた。

「ここですね、先生の気持ちいいところ」

膣の右奥が、美咲子の弱点のようだ。恭太はそこを集中的に指でピストンしていく。

「ああん、ああ、うん、ああ、いい、そこがいいの、あああん」

甘えた声を出して美咲子はずっと身体をよじらせている。乳首の尖りきった巨乳もフルフルと波打ち、なんとも悩ましい。

そして指を飲み込んだ膣口からは、彼女のさらなる昂ぶりを示すように、愛液が溢れてシーツにまで滴っていた。

「そこ、じゃないでしょ、どこが気持ちいいのですか」

全身から淫らな色香をまき散らす美人女医に、恭太も頭の芯が痺れるほど興奮していた。

股間の逸物《いちもつ》ももうギンギンだが、すぐにでも挿入したいのを我慢して、彼女の性感をさらに煽った。

「ああ、あああん、いや、そんなの恥ずかしい」

性器を示す淫語を言うのはいやだと、美咲子はクネクネと腰をよじらせる。

彼女の最後の抵抗なのか。それとももっと自分をいじめてほしい、という思いから反抗しているのだろうか。

「言ってくれたらこいつで突いてあげようと思っていたのですが、今日はやめときましょうか？」

彼女の本心はわからないが、マゾの性感を燃やしているのは確かだ。膣奥を責めていた指を抜いた恭太は、美咲子をさらに追いつめるべくズボンを脱いだ。

そして、シャツもトランクスも脱いで全裸になると、腰を突き出して怒張を見せつけた。

「ああ……恭太くん、それ……あああ」

隆々と反り返っている野太い逸物に、美咲子は目を見開いて絶句している。

言葉は失っていても、その目線はずっとエラの張り出した怒張に集中していた。

「ああ、ああ、こんなに大きいのでされたら、私……」

そして牝の本能なのか、美咲子は自分の両脚の間で膝立ちの青年の肉棒に、下から両手を伸ばしてきた。

「どこになにを入れて、どうしてほしいのかちゃんと言ってください」

恭太はその手を握ると、涙まで浮かんでいるのか、うるうるとしている切れ長の瞳をじっと見つめて言った。

「あ、ああ……欲しいの、ああ、恭太くんのおチンチンで、美咲子のオマンコの奥をたくさん突かれたい」

潤んだ目を見開いたまま、美咲子は唇を震わせて言った。もう耐えきれないのか、腰を上下に動かして、少し濃いめの黒毛に覆われた土手を揺らしている。

「わかりました、いきますよ」

彼女はまさに昂ぶりきっている。いまがそのときだと、恭太は硬化した怒張を、愛液を垂れ流している膣口に押し込んだ。

「ひっ、ひあああ、これ、あああん、あああああ」

彼女の両手をしっかりと握り、もう焦《じ》らさずに一気に膣奥に亀頭を突き立てる。

悲鳴のような喘ぎ声を響かせ、美咲子は腰にスカートがまとわりついた身体を、弓なりにした。

「ここですよね、先生のいちばん気持ちいいところ」

彼女の両腕を少し引っ張りながら、恭太は亀頭を、さっきまさぐりだした、美咲子の膣奥の右側に向けてピストンする。

そのポイントを一直線に目指し、硬化した怒張を強く押し込んだ。

「あああん、ああ、そこよう、ああん、美咲子のオマンコでいちばん気持ちいい場所よう、あああん、あああ」

赤らんだ顔を激しく横に振りながら、美咲子は快感に沈んでいく。もう淫語を叫ぶことにもためらいなく、巨乳を踊らせてよがり狂う。

そして媚肉の中も性感の昂ぶりに反応したのか、肉棒に絡みついていた。

(う、吸いついてきてる)

昂ぶった美咲子の膣は、膣壁が亀頭や竿の部分にやけに密着している感覚がある。

そこにエラや裏筋が擦れるたびに、頭の先まで快感が突き抜けていき、恭太のほうも腰を震わせていた。

「ああん、ああ、こんなに感じて、ああん、恥ずかしい、ああ、でも、いい」

美咲子のほうももう感極まっている様子だ。濡れた瞳を虚《うつ》ろにしたまま、恭太の手を握り返して喘ぎ続けている。

ピストンのたびに、Gカップの柔乳が激しく波を打って弾む。額も汗ばみ、開いた唇の奥にはピンクの舌が覗いていた。

「先生、横向きになってください」

このまま突き続けても、美咲子はもうすぐ達するだろう。だがもっとこの女医を追いあげたい。

恭太はいったん肉棒を引き抜くと、横寝の体勢になった彼女の右脚だけを持ちあげ、うえに向かって伸ばさせる。

「あ、恭太くん、なにを、あっ、あああ、はあああん」

そして左脚はベッドのうえでまっすぐにさせて、それを跨ぎ、恭太は怒張を再び膣口に挿入していった。

「ああ、ひあっ、これ、ああああん、深いいいい」

横向きに寝て、右脚だけをヨットのマストのようにうえに伸ばした美咲子の、九十度に開いた股間に怒張が吸い込まれていく。

この体位だと、肉棒が美咲子の弱いポイントである右奥に、深く突き刺さるのだ。

肉棒の反りも手伝って、硬化している亀頭がそこを強く抉《えぐ》った。

「あひいい、ひいいい、ひああああ」

美咲子はまさに獣のような絶叫をあげ、恭太に抱えられた白い脚をビクビクと痙攣させている。

横寝の身体も大きくのけぞり、あっという間に息も絶え絶えだ。

「僕も気持ちいいですよ、先生」

吸いつく感触の美咲子の媚肉。そこに亀頭のエラや裏筋が絶えず擦られ、快感に腰が震える。

いつしか恭太も三十歳の女医の媚肉に溺れながら、肉棒を振りたてていた。

「あああん、ああ、今日は大丈夫な日だから、ああん、中に来てぇ」

そんな言葉を叫びながら、虚ろな目を恭太に向けた横寝の女医は、精が欲しいとシーツを摑んで訴える。

「美咲子をボロボロになるまで、狂わせてぇ、あああ、滅茶苦茶にしてぇ」

そしてずっと心の中に秘めていたであろう、男にボロボロにされたいという願望を全開にし、シーツを握りしめて引っ張りながら求めてきた。

「わかりました、いきますよ」

彼女の思いに応えるべく、恭太は抱えている白い脚をあらためて、しっかりと抱きしめる。そして大きく腰を動かし、長いストロークで怒張をピストンした。

巨大な逸物が、亀頭が抜け落ちる寸前まで引かれたあと、膣の右奥に向かって突き立てられた。

「ひっ、ふあ、あ、あ、すご、ひあっ、あ、ああ」

ピストンのたびに、横寝の白い身体の前で縦に重なった巨乳が、ブルンブルンと揺れて波打つ。

美咲子は息を詰まらせながら、こもった声でよがり泣き、なんども背中を引き攣らせている。

「気持ちいいところにあたってますか？」

わかっているが、あえて聞きながら、恭太は長いストロークのピストンを続ける。

言葉にさせることによって、美咲子の牝の感情を煽るのが目的だ。

「ああ、来てる、あああん、恭太くんの大きなおチンチンしか届かない場所を突かれてるわ、あああん」

実はあえて恭太はピストンのペースを落としている。それを美咲子も感じているのか、物足りなさそうに顔を向けてきた。

あなたは無茶苦茶にしてくれると言ったのではないのか。彼女の顔はそう言っているように見えた。

「もっと強くですか、それっ」

焦らされることによって、美咲子の膣肉は責めを求めるように脈動している。

片足をうえに伸ばした股間に向かい、恭太は全力で腰を突き出した。

「ひいい、それえ、あああん、いい、ああ、たまらない、あああ」

横寝の身体の前でGカップの柔乳が千切《ちぎ》れるかと思うくらいに弾み、美咲子がさらなる絶叫をあげた。

膣奥の吸いつきもさらに強くなったそこに向けて、恭太は高速で怒張をピストンしていった。

「ひい、ひいい、ああ、いい、あああ、あ、あああああ、ああ、もうイク」

すべてを解放した女医の最奥に、亀頭が激しく突き立てられる。もうどこを見ているのかわからないような目をした女医は、呼吸を詰まらせながら限界を叫んだ。

「イッてください、おおお」

もう焦らすことなく、恭太はピストンを続け、追いあげにかかる。

巨乳が波打ち、先端が完全に勃起した乳首を弾ませながら、美咲子は汗ばんだ背中をのけぞらせた。

「あああ、イクうううううう」

そして最後の叫びと共に、片足を掲げた身体をビクビクと痙攣させた。

絶頂の雄叫《おたけ》びのあとは、ふっ、ふっ、と呼吸を詰まらせながら、なんども白い肌を引き攣らせている。

「ひ、ひ、あ、あああああ」

そんな発作をなんどか繰り返したあと、美人女医は頭をがっくりと落とした。

エクスタシーが激しすぎたのか、もう意識が半分飛んでいるような様子だ。

「まだまだ」

そんな彼女の中から怒張を引き抜くと、恭太は抱えていた脚を下ろして、まだ痙攣している女体を裏返しにする。

そして腰にあるスカートも脱がせた恭太は、彼女を四つん這いにさせ、こんどはバックから濡れた膣口を貫いた。

「ひいっ、私、ああ、まだイッてる、ああ、イッてるからあ、あああん」

絶頂の発作も収まらないうちに、続けて肉棒責めをしようとする恭太に、美咲子は狼狽《うろた》えた声をあげる。

ただ怒張が挿入されると、大きく喘いで、四つん這いになった身体を震わせた。

「僕はまだイッてませんよ、それに無茶苦茶にされたいんでしょ」

そう求めたのはお前だと言わんばかりに告げながら、恭太は全裸となった女医のよく引き締まった腰を両手で摑み、怒張を振りたてる。

ぱっくりと口を開いた膣口に、血管の浮かんだ肉棒が出入りするたびに、ねっとりとした愛液がかき出されて糸を引く。

「ああ、言ったけど、あああん、だめえ、ひいい、あああ」

言葉とは裏腹に美咲子の肉体はすぐに反応し始める。淫らなよがり泣きをワンルームの部屋に響かせ、媚肉を怒張に吸いつかせてきた。

「ああ、ああん、ひいん、いい、あああ、あああ」

どんどん快感に没頭していく貪欲な女医は、四つん這いの身体をくねらせ始める。

「いやらしい先生だ。こんなどうしようもない淫乱だと思いませんでしたよ」

恭太も力を入れて怒張を突き続ける。もちろん美咲子のマゾ的な感情を煽ることも忘れてはいない。

「ああん、ああ、そうよ、あああ、私は淫乱よ。ああん、恥ずかしい女医なのう」

犬のポーズのままシーツを摑み、美咲子は我を忘れたように叫ぶ。

背中がなんどものけぞり、その上体の下で巨乳が激しく揺れてぶつかっている。

彼女が二度目の頂点に向かおうとしていると、恭太は悟った。

「そうです、あなたはどうしようもなく恥ずかしい医者だ、おおおお」

吸いつく媚肉に恭太のほうも限界が近い。これが最後とばかりに怒張を激しく振りたてる。

恭太の腰が、四つん這いで突き出された桃尻にぶつかり、豊満な尻肉が激しく波打っていた。

「ああぁ、イク、美咲子、また、イク、イックうううう」

限界を叫ぶと同時に、美咲子は両手が浮かぶほど、上半身をのけぞらせた。

巨乳を激しく揺らしながら、グラマラスな白い身体全体がビクン、ビクン、と痙攣を起こした。

「うう、僕もイキます」

絶頂と同時に媚肉が一気に狭くなった。その愛液でぬめった肉厚の膣奥に向かって、恭太は精を放った。

射精の勢いはかなり強く、粘っこい精液があっという間に膣奥を満たしていった。

「ああぁ、はああん、恭太くんの精子、きてる、ああ、ああ、いい」

こちらも射精を受けるたびに、上半身を浮かせた身体を引き攣らせながら、美咲子は絶頂に溺れている。

巨乳と共に下腹の辺りも痙攣を起こしていて、まさに全身で悦楽に浸っていた。

「うう、まだ出る、う、くうう」

恭太も本能の赴くがままに、彼女の腰を両手で引き寄せ、膣奥に亀頭を擦りつけるようにして射精を続けた。

「ああああん、たくさん、あ……ああ……」

なんども四つん這いの身体を震わせた美咲子は、やがて射精が終わるとベッドに崩れるように横たわった。

自分の腕を枕にして、ハアハアと横寝する美人女医の股間から、溢れ出した精液が白い糸を引いている。

「大丈夫ですか？　先生」

いつまでも虚ろな感じの美咲子が心配になって、恭太は彼女の顔を覗き込んだ。

「ああ……平気……でも私、恭太くんにボロボロにされたわ、こんなにわけがわからなくなったの初めて……ありがとう」

縦に重なった巨乳も、熟れた桃尻も、そして精液を溢れさせる秘裂も晒したまま、美咲子はうっとりとして礼を言ってきた。

「そ、それはどうも……」

妖しく、そして色香に溢れた微笑みに、恭太はなぜか背中がゾクゾクと震えた。

第三章　背徳に染まる女子寮

美しい女医がマゾの本性を剝きだしにさせ、狂乱した姿を見せつけたあの日の余韻は、しばらく経っても消えなかった。

自室のベッドでゴロゴロしながら、美咲子の欲情に蕩けた顔を思い出すと、なんだかムラムラしてきて、つい股間に手が伸びてしまう。

「ん？」

そのまま肉棒をしごこうかと思っていると、そばに置いてあったスマートフォンから着信音がなってびっくりした。

「み、見られてないよな」

メッセージの着信があったのだが、送り主は由衣だった。まさか部屋着のズボンに手を突っ込んでいるところを見られているのかと、恭太は慌てて身体を起こすが、窓もカーテンもきちんと閉まっていた。

「なんだろう」

夕食も食べ終わって風呂にも入り、あとは寝るだけだ。仕事のため早寝の両親はもう休んでいる。

そんな時間に由衣からメッセージということは、いやな予感しかしない。恭太は恐る恐る、スマホを操作してメッセージを開いた。

『お前の秘密は握った。ばらされたくなかったら塀を越えてこい』

メッセージにはそれだけ書かれていた。

「な、なんだよ、秘密って」

由衣と肉体関係があり、寮の彼女の部屋でセックスをしているというのは、互いに後ろめたい部分があるのだから、脅しの材料になるとは思えない。

別の案件だとしたら、思いあたるのはただひとつ。

(先生がなにか話したのか？)

美咲子と由衣は同じ内科勤務で仲もいいと聞いている。美咲子がなにか由衣にばらしたのか。

実際はどうなのかわからないが、もういくしかないように思えた。

「はあ……」

大きなため息を吐いて、恭太は静かに階段を降りていった。

辺りを見回しながら、庭に出て、塀にあがる。自分の家でどうしてこんな泥棒のようなまねをしているのかと情けなく思いながら、恭太は由衣の部屋の裏側のベランダによじ登った。

「うふふ、いらっしゃーい」

いつものように明るく迎えてくれた美人看護師は、大きな瞳を細めて笑顔を見せた。ショートボブの髪をゴムでうしろにまとめた由衣は、今日も、タンクトップにショートパンツ姿だ。

剝きだしの太腿や、タンクトップの薄布の下で揺れる巨乳が悩ましい。

「で、なんですか？　僕の秘密って」

もう何回も忍び込んで、由衣の部屋にも馴れてきている。いつもけっこうちゃんと片付いていて、可愛らしい見た目の彼女に似合った、女の子っぽい室内だ。

馴れるのも問題アリだと思うが、恭太は小さなテーブルの前に座って、微笑んでいる彼女を見た。

「ふふ、その前にここのチェックを始めましょうね」

少し開き直った思いで聞いた恭太の足元に、由衣は四つん這いで忍び寄ってきた。まるでネコ科の動物が、獲物を捕らえるようなしなやかさで、由衣は座っている恭太のズボンとトランクスをずらして肉棒を剝きだしにした。

「ちょっ、いきなり、く、ううう」

顔を出した亀頭に由衣は大胆に舌を這わせてきた。唾液に濡れた柔らかい舌先が、亀頭のエラや裏筋に絡みつき、恭太は思わず声をあげてしまう。

その男のポイントを心得た舌使いに、恭太は思わず喘いでしまった。

「んんん、んふ、んくう、んんんん」

「うう、くうう、そんな風に」

甘い快感が敷物のうえに座った身体を痺れさせ、恭太は手をうしろについて、身悶えていた。

なんの理由で脅されているのか確かめたかったはずなのに、ただ快感に身を委《ゆだ》ねていた。

「あれー、なんだか他の女の味がするなあ」

けっこう責め好きの由衣だから、これからもっと激しいフェラチオをしてくれるのか、と期待した瞬間、舌が離れていった。

彼女は意味ありげな瞳で座った恭太を見あげながら、あっという間に勃起した逸物を手でしごいてきた。

「え、あ、なんのことでしょうか？」

他の女と言われて頭に浮かんだのは、もちろん美咲子のことだ。ただ素直に彼女の名前を出すわけにはいかない。

「あらー、とぼけるのかしら。うふふ、見たのよ、恭太くんが美咲子先生の部屋から出て来るところ」

「えっ、あっ、くううう」

ごまかそうとした恭太の目を見つめた由衣は、小さめの両手で肉棒を強く握りしめてきた。

「先生、次の日に会ったら、やけに顔が艶々してるし。したんでしょ、正直に言いなさいって」

そして摑んだ両手を激しく上下に動かして、怒張をしごいてきた。

「はうっ、出ちゃいますって、やめて、くう、うう」

両手で肉棒を握りしめられたましごかれると、一瞬で両脚の先まで痺れ、恭太は間抜けな声をあげる。

その動きはまるで精液を搾り取るような感じで、ほんとうにいまにも射精しそうだ。

「し、しました、認めますから、もう許して」

気持ちいいのも確かだが、強制的に精を絞られるのはさすがに辛《つら》く、恭太はあっさりと認めた。

そもそも由衣は完全に見透かしている感じで、ごまかしも通用しなさそうだった。

「ふうん、なんだか妬けちゃうなあ、んんん」

恭太が屈すると、由衣は再びタンクトップの上半身を倒して亀頭の先を舐めていく。

今日はノーブラなのだろうか、タンクトップの胸元からFカップの白い乳房が、ほとんど先端部まで覗いていた。

「あ、うう、妬けるって、ううう」

奔放なタイプの由衣は、恭太に大学でもセフレを作ったらいい、などと前に発言していた。

そんな彼女が嫉妬とはどういう意味だろうか。嬉しいような複雑な思いだ。

「んんん、両方にかな、だって私、バイセクシャルだから」

「ええっ」

亀頭の先端を舐めながら、どこかあっさりと告白した由衣に、恭太はびっくりして大声をあげた。

「そうなの、私、男の人も女の人もエッチの対象なのよ、うふふ、んんんん」

顎が外れそうになるほど口を開いて愕然としている恭太の顔を見て笑い、由衣はさらに大きく舌を動かした。

亀頭の先端からエラや裏筋と、丁寧に舐めている。

「じゃ、じゃあ嫉妬って……」

由衣はどちらに嫉妬しているのだろうか。どうでもいいことかもしれないが、なぜか恭太は気になった。

「んんん、どっちというよりも、ふたりがセックスをしたことにかな。美咲子先生と恭太くんっていう大好きなふたりが、私の知らないところでエッチしてたと思ったら、すごく妬けちゃう、んんんん」

予想外の答えを返してきた由衣は、亀頭の先端に吸いつき、尿道口を強く吸った。

尿道をストローのように使い、すでに溢れていたカウパーの薄液を吸い出していく。

「ふあああああ」

尿道から液体を強引に引きずり出されていく感覚。くすぐったさを伴った快感が腰を痺れさせ、恭太は座った身体をよじらせながら、間抜けな声をあげていた。

「ふふ、すごい顔、まったくエッチなんだから……それで美咲子先生はちゃんとイカせてあげたの？」

唇を亀頭から離した由衣は、再び両手で怒張をしごいてきた。こんどは竿から亀頭全体を擦られる。

「くうう、うう、はい、がんばりました、はい、ううう」

まだ尿道は痺れている。そこにまた違う種類の快感がかぶさってきて、恭太はもうなにも考えられなくなり、首をなんども縦に振って告白していた。

だらしなく開いた状態の両脚も、ビクビクとずっと痙攣している。

「ふーん、それもなんだかむかつくなあ……ちょうどいいから本人にも確認しちゃおうかな、どのくらい気持ちよかったのか」

最後にギュッと強めに怒張を握ったあと、手を離し、由衣はタンクトップにショートパンツの身体を起こした。

「へっ、確認？」

彼女の手や唇が肉棒から離れていくのが、残念でたまらない。ただそれ以上に、立ちあがって玄関のほうを見ている由衣に驚いた。

「今日は美咲子先生も部屋にいるはずだから。一緒に行くわよ、ほらパンツ穿いて」

「へっ、ええっ」

そう言った由衣は恭太の手を引っ張って立ちあがらせ、強引に外に連れだしていく。

美咲子のところに行ってなにをしようというのか。だいたい自分が身体を重ねた女性ふたりと同じ空間にいることになってしまう。

ちょっと事情は違うが、二股をかけていたクズ男が女たちに吊るしあげにあうのと、同じようなシチュエーションじゃないのか。

恭太は狼狽えるが、由衣はおかまいなしに部屋のドアを開いて、外廊下に誰もないのを確認すると、隣の美咲子の部屋のドアの前に行き、インターホンを押した。

「はい、誰？」

「由衣でーす。美咲子先生、ちょっといいですか？」

一般の人間が出入りしない女子寮なので、美咲子は少し驚いた様子でインターホンに出た。

相手が由衣とわかると、ちょっと待ってと言って、ドタドタと駆けてきた。

「どうしたの由衣ちゃん、ええっ」

ドアを開いた瞬間、由衣のうしろに恭太が立っていることに気がついて、美咲子は驚愕している。

「先生、とりあえず中に入れてください、誰か来ちゃうから」

「え、ええ、どうぞ」

他の寮生に見られて、寮長の玲那に報告されたりしたら大変だ。美咲子もそれがわかっているのか、すぐに招き入れてくれた。

「ど、ど、どういうこと」

当たり前だが、美咲子も混乱している。自分が関係をもった大学生と、同じ科の看護師が、男子禁制のはずの寮内に連れ立って現れたのだ。

パニックになるのも当然で、美咲子は目をキョロキョロさせながら、この前の段ボール箱もそのままの部屋の奥に歩いていく。

美咲子のほうが部屋の主なのに、まるで住人に見つかった泥棒のような動きだ。

(お酒臭い……わっ、けっこう飲んでるよ)

部屋に置かれた座卓のうえには、いくつものビールの空き缶が並んでいる。

(もしかして美咲子先生って、プライベートはけっこうだめな人なのかも……)

部屋の状況も前に来たときと変わっていない。ひとりでナッツだけをおつまみに缶ビールを飲んでいるし、医師として働いているときの凛《りん》とした彼女からはかけ離れている。

（でも部屋着姿も可愛いな）

今日の美咲子は可愛い柄がプリントされたTシャツと、それにお揃いのハーフパンツ姿だ。

これも女医のイメージとギャップがあり、恭太はこんな状況だというのに、つい見とれてしまった。

「さっそく美咲子先生をエッチな目で見てる、あははは」

そんな恭太の目線に気がついたのか、由衣がお腹を抱えて笑いだした。

そして美咲子は、それを言われて恥ずかしそうに頬を赤く染めている。

「あ、あの、由衣ちゃん、そろそろ説明して……」

美咲子は少し冷静になってきたのか、座卓の前に座りながら言い、恭太たちにも座るように促した。

「ふふ、美咲子先生、この前、恭太くんとエッチしたでしょ。出て来るところを見てたんですよ」

自分も腰を下ろしながら、同じく座卓の前に座った恭太を見て由衣は言った。

恭太のほうは、命じられたわけでもないが、正座をしている。

「ええっ、そ、それは……その……」

美咲子は再び狼狽えだした。明らかに目が泳いでいて、言葉にしなくても、行為をしたと肯定しているようなものだ。

「ふふ、いいんですよ、私も何回かしてるし、でも付き合ってるわけじゃなくて、セフレです」

「ええっ、セ、セフレ、こ、恋人じゃなくて」

顔を真っ赤にした美咲子は上目遣いで由衣を見ている。そしてなんだかほっとしたように息を吐いた。

「だから安心してください、男を取られたって怒鳴り込みにきたんじゃないですから」

それもそうだ、恭太と一緒にやってきて、いきなりセックスをしたでしょなどと言われると、美咲子はそういう風にとってしまうだろう。

恭太も慌てて、ほんとうに付き合ってるのではありませんと、フォローした。

「そ、そうなの、私も別に、恭太くんと交際しているわけでは……」

横座りのまま美咲子はちらりと恭太を見て、ボソボソと呟《つぶや》いた。

美咲子と関係をもったのはあの日だけで、連絡先を交換するのも忘れていたので、また会おうという話にもなっていなかった。

「知ってますよ、ふふ、でも美咲子先生が恭太くんのおっきいのでエッチされちゃったって思うと、なんだか妬けちゃうの」

二重の大きな瞳を、明らかに淫靡に輝かせた由衣は、ゆっくりと四つん這いで横座りの美咲子ににじり寄っていく。

タンクトップの脇のところから、フルフルと揺れる巨乳を覗かせながら、美咲子の顔の前まで、自分の頭をもっていった。

「え、なに、妬けるって、そんな」

「前に言いましたよね、私、男も女も好きだって」

甘く湿った声で由衣は美咲子の耳元で囁いている。美咲子はただ赤い顔をしたまま、戸惑っている。

驚きだが、由衣がバイセクシャルだというのは、美咲子は知っていたようだ。

「う、うん、覚えてる」

美咲子は弱々しく、自分の部下にもあたる看護師の言葉に応えている。

切れ長の美しい瞳もなんだか潤んでいる。その理由がなんなのか、いまのところはわからない。

「聞きましたよ、恭太くんので気持ちよくされちゃったんですよね」

逃げ腰の美人女医に囁きながら、由衣はどんどん四つん這いの身体を前に出して、のしかかっていく。

美咲子の身体はうしろに倒されて、可愛らしい柄のTシャツの下でGカップの巨乳がプルンと弾んだ。

「そ、そんな、ああ、だって、ああ」

グイグイと迫っていく由衣に、美咲子のほうは押されっぱなしだ。

言葉もたどたどしくなり、切なそうに息を吐いている。ただ本気で嫌がっているように見えない。

(先生、欲情してる……マゾの性感が出てきてるのか……)

由衣に尋問するように問い詰められて、美咲子は明らかにマゾの感情を昂ぶらせているように見える。

実際、切れ長の瞳は妖しく潤んでいて、半開きになった厚めの唇からは、ずっと湿った息が漏れていた。

もう誰が見ても発情してるのは明らかだ。もちろんそばにいる由衣は、恭太よりも強く感じ取っているだろう。

「仕方ないですよ、恭太くんのおチンチンって、大きくて硬さもすごいですものね、私もたくさんイカされたし、先生も同じでしょ」

由衣は笑みを浮かべたまま、もう首まで真っ赤な女医に唇を寄せていく、その先には美咲子の唇がある。

「ああ、そ、それは、ああ……あ、んんんん」

欲情している女医を逃さないとばかりに、由衣は彼女の頭を持って、唇を強く吸っている。

舌を大胆に動かして、すべてを奪うように貪っていた。

「んんん……あふ……ああ……だめ」

それがしばらくの間続き、ようやく由衣の唇が離れていった。

美咲子のほうは、瞳をぼんやりとさせたまま小声でなにやら呟いている。ただもうちゃんとした言葉になっていない。

「ねえ、先生。先生の綺麗な身体見せて」

一方、淫靡に微笑んでいる由衣は、美咲子の身体を敷物のうえに押し倒しながら、可愛らしいデザインのTシャツを捲りあげていく。

その中はノーブラだ。横たわった身体のうえで、フルフルと小さく揺れているGカップのバストを由衣の手が揉み始める。

「あっ、由衣ちゃん、あっ、そんな風に、あ、だめ、ああ」

切ない声をあげる美咲子に覆いかぶさりながら、由衣は十本の指を自在に動かして、乳房を愛撫している。

その指の動きが、見ていると乳房に吸いついているような感じで、なんとも淫靡だ。

(す、すげえ、女のほうが女の身体はわかっているっていうことか……)

男の恭太には思いつかないような乳房の責め方だ。美咲子のほうはあっという間に肌を上気させ、腰をくねらせている。

美咲子の脚に自分の脚を絡みつかせながら、由衣はじっと美咲子の顔を見ている。

もう恭太はただ口を開いて、重なり合う美女ふたりに魅入られていた。

「ふふ、ここも尖ってきたわ、美咲子先生」

美咲子の色素が薄い乳頭部。勃起しているその先端を、由衣の指が軽く弾《はじ》いた。

「あっ、ああ、はあああん、あああ」

両方の乳首を責められた美咲子は、ハーフパンツから伸びた両脚を引き攣らせて、艶のある喘ぎを漏らしている。

その身体からは完全に力が抜けていて、ただ由衣の行為に身を任せていた。

「うふふ、可愛い」

もともと責め好きの気質のある由衣は、反応のいい美咲子の乳首に舌を這わせていく。ここも強く吸ったり、舌で転がしたりと、巧みに刺激していた。

「ああっ、はあん、だめえ、あ、ああ」

Mの性癖を持つ美咲子は、従順に責めに反応し、よがり泣いている。

そんな美人女医のハーフパンツの中に、由衣は手を入れていった。

「そこは、あ、あああん、ひいん」

乳首を舌責めされながら、同時に股間も愛撫され、美咲子はまた声を大きくした。

「あらら、もうすごく濡れてるのね先生。エッチだわ」

ハーフパンツを穿いたままだから、恭太からは見えなかったが、由衣の指は美咲子の媚肉を捉えていて、そこはもうドロドロになっている様子だ。

美咲子の顔も一気に歪み、それを見ている恭太もなんだか興奮してきた。

なにしろ女同士の絡み合いを目の当たりにするのは初めてだし、そんな機会があることなど想像すらしてなかった。

「うふふ、恭太くんがすごい顔で見てるわよ、美咲子先生」

口をあんぐりと開けたまま、瞬きも忘れている恭太のほうをちらりと振り返り、由衣は言った。

「ああん、恭太くん、ああ、恥ずかしい、見ないで、ああ」

美咲子は恭太のほうに顔を向けて、切なげに訴えてきた。ただその目は妖しく潤んでいるし、身体全体もずっとよじれている。

恭太の目線を意識させられたことで、被虐の性感が燃えあがっているのだろう。

「あれ、美咲子先生のアソコ、キュッてなったわ。あらら、恭太くんに見られて感じているのね、マゾっ気があるのかしら」

由衣は舌先でチロチロと乳首を舐めながら、ハーフパンツに入れた手のほうを激しく動かし始める。

上は焦らすように、逆に下は強くと、巧みなテクニックで、美咲子の性感を煽りたてていく。

「ああん、そんな、ああ、あああん」

美咲子は両脚をだらしなく開きながら、ひたすらに喘ぎ続けている。

もう完全に由衣の支配下にある感じだ。Sの女がMの女を思うさま狂わせている。

「ねえ、恭太くんがしたときはどうだった？　美咲子先生って、マゾだって思った？」

そのとき仰向けの女医に覆いかぶさったまま、由衣は急に顔をこちらに向けた。

「へ、あ、いや、あのその」

絡み合うふたりの淫靡さに魅入られていた恭太は、とっさに言葉が出なかった。

ただ否定をしないというのは、それを認めているのと同じかもしれない。

「うふふ、やっぱりそうか。美咲子先生はマゾか」

勘のいい由衣は恭太の表情を見ただけで、それを悟ったのか、したり顔で美咲子のハーフパンツと白のパンティを同時に脱がせた。

「ああ、いや、由衣ちゃん、あ、あああん、ああ」

そしてすぐに美咲子のむっちりとした脚を開き、三十歳の少々陰毛が濃いめの股間に顔を埋めていった。

巧みに舌を動かして、喘ぎ狂う美咲子の肉芽を愛撫している。そのねっとりとした動かしかたは、やはり男では思いつかないように思えた。

「ふふ、こんなにオツユを垂れ流して。ねえ、先生、マゾなんでしょ、正直に言って」

話しかたもどこか粘着質な感じで、いつもの由衣とは少し違う。彼女はレズモードだということなのか。

そんな美人看護師の覆いかぶさる身体も、小さくよじれている。

恭太の位置から見ると、ショートパンツのお尻が揺れていて悩ましかった。

「ほら、ここもしてほしいでしょ。ほんとうの気持ちを話してくれたら、指でしてあげるわ」

ネチネチとした口調で美咲子を煽りながら、由衣は舌を膣口の周りに這わせていく。

彼女の指は美咲子の唇や頬を這い回っている。その動きがなんともいやらしい。

「あ、ああああん、ああ、そうよ、ああん、美咲子はマゾなの、この前も恭太くんにお願いして、たくさんいじめてもらったのう、ああ、んんん」

仰向けの身体を激しくよじらせた女医は、唇に近づいてきた由衣の指にしゃぶりつき、愛《いと》おしそうに舐め始めた。

まさにツボを心得た由衣の焦らし責めに、美咲子はもう身も心も蕩けてしまっている様子だ。

「うふふ、お利口さんね、ちょっと待って」

完全に支配者となっている由衣は、美咲子の身体から手や唇を離すと、タンクトップを脱ぎ捨てて、ノーブラの巨乳を丸出しにし、さらにはショートパンツとパンティも脱いで全裸になった。

そして、こちらはTシャツが鎖骨のうえにあるだけの、ほとんど裸といっていい美咲子のうえにもう一度、覆いかぶさる。

「見てあげるわ、マゾの美咲子先生がオマンコをほじらせて、どんな顔をするのか」

先ほどまで美咲子の口の中をほじっていた指で、由衣は女医のGカップの乳房から、みぞおち、下腹部へとなぞっていく。

「ああ、由衣ちゃん、もう許して、ああ、早くうう」

完全に悩乱して、欲望のままに求める美咲子を見て由衣は笑う。ここも男にはないなんとも粘着質な焦らしのテクニックだ。

「ふふ、ごめんね、美咲子先生。ほら」

そしてようやく、大きく開かれた白い太腿の間にある、漆黒の陰毛の下で物欲しげに口を開いている濡れた膣口に、二本の指を押し込んでいった。

「あっ、あああん、由衣ちゃん、ああ、ああ、いい、ああん」

指が入った瞬間から、美咲子はなにもかもかなぐり捨てたように身悶える。

まだ片付いていないワンルームの部屋に、艶のあるよがり泣きが響き渡った。

「ああ、いい、あああん、中いいの、ああん、すごく気持ちいい」

切れ長の瞳を蕩けさせ、唇をだらしなく開いて美咲子は、もう隠す気もなく快感を口にする。

指を飲み込んだ膣口からは大量の愛液が溢れ、クチュクチュと音があがっていた。

(うう、エロい……たまらん)

恭太はただ見ているだけなのだが、肉棒がはち切れそうなくらいに興奮していた。

白い脚を絡み合わせながら、巨乳同士を押しつけるようにして重なる女ふたり。

あまりの淫靡さに、恭太は息をするのも忘れ、無意識にパンツの中に手を入れて、肉棒に触れていた。

「うふふ、恭太くんも興奮してきたのね、いいよ、入れても」

ちゃんと恭太のほうも意識していたのか、由衣は突然、振り返ってそんなことを言ってきた。

「い、いいんですか」

完全に自分が邪魔者だと思っていた恭太は、由衣の言葉に歓喜し、慌てて立ちあがって服をすべて脱いだ。

先ほどフェラチオを途中でやめられていた肉棒は、驚くくらいに勃起してギンギンの状態だ。

「いいよ、ただし入れるのは私ね」

裸で覆いかぶさる自分のお尻のほうを見て、由衣はにやりと笑った。

由衣もまた興奮しているのか、うしろに突き出されている巨尻の真ん中にある、薄桃色をした秘裂は愛液にまみれていた。

「えっ、ああ、そんな由衣ちゃん、あああ、いや」

てっきり自身が肉棒の挿入を受けると思っていたのか、美咲子は狼狽えている。

恭太自身もそうするものだと思っていたが、由衣は意味ありげな笑みを見せながら、下にいる美咲子の膣口を強くかき回し始めた。

「だーめ、先生は由衣のあと。ちゃんと待ってるのよ」

「ああ、そんなあ、あああん、あああああ」

指責めに喘ぎながら、美咲子はもうたまらないといった風によがっている。

その切れ長の瞳には涙すら浮かんでいるように見えた。

(先生をさらに焦らして、もっと性感を煽るつもりなのか……)

由衣の意味ありげな顔、そして泣き顔で喘ぎ続ける美咲子。

焦らし尽くすことでさらに美咲子の肉欲を煽ろうという由衣の思惑を、恭太は感じ取った。

「じゃあ由衣さん、いきますよ」

女というのはここまで残酷で淫らなものなのか。どこか感心しながら、恭太もそれに乗り、由衣と美咲子の脚の間に膝をつく。

重なった白い身体のうえにある、プリプリとした桃尻を掴み、ピンクの肉の裂け目に向けて、昂ぶりきった怒張を押し出した。

「あ、あああん、大きい、あっ、ああ、いい、ああ」

硬化した逸物が膣口を押し拡げるのと同時に、由衣は歓喜の声をあげて、美咲子のうえの身体をのけぞらせた。

ショートボブの髪の毛が大きく揺れ、艶めかしい声がワンルームの部屋に響いた。

「すごく熱いです、由衣さん」

由衣の膣内はすでに大量の愛液にまみれていて、熱を持った媚肉が絡みついてくる。

腰まで痺れるような快感に顔を歪めながら、恭太は一気に肉棒を押し出した。

「あああ、奥、あ、ああ、はあああん」

もう恭太自身も自制が利かず、本能のままに激しいピストンを開始した。

少々、勢い任せの行為だが、由衣はそれをしっかりと受け止め、身体全体をくねらせてよがり泣いている。

「ああ、由衣さん、おお」

その甘い声に恭太はさらに興奮し、ヒップを掴んだ手にさらに力を入れ、膝立ちの身体全体を使ってピストンする。

亀頭が濡れた膣奥を高速で前後し、張り出したエラが膣壁を強く抉った。

「ああっ、激しい、ああ、すごいわ恭太くうん、ああ、あああああん」

少しこちらを向いた由衣の顔はもう真っ赤で、唇も大きく開いて瞳は濡れている。

女医のうえの小柄な身体が、前後に激しく揺れ、由衣はさらに燃えあがっていく。

「ああ、由衣ちゃん、ああ……」

ピストンを受けて感じまくっている由衣の手は、いつの間にか美咲子の股間から離れている。

さんざん身体を弄《もてあそ》ばれて性感を燃やされたあとで、いきなり放置された状態の美咲子は、悲しそうな顔をして声をあげている。

敷物のうえに仰向けの身体もずっとくねっていて、漆黒の陰毛の下にある膣口がパクパクとうごめいていた。

（く、なんとか手を……）

上にいる由衣をバックで突きながら、その結合部の真下にある美咲子の秘裂を責められないかと、恭太は手を伸ばしていく。

かなり無理矢理にだが、なんとか指が届き、軟体動物のように開閉している膣口をかき回した。

「あ、ああん、恭太くん、ああ、ああ、そこ、あああん」

待ち望んでいた媚肉への刺激に、美咲子は腰を震わせて乱れた声を響かせた。

こんなに溢れるのかと思うくらいに大量の愛液にまみれた膣口から、クチュクチュと淫らな音があがっていた。

「ふふ、両方責めるなんてやるじゃない。あ、ああん、私もいい、ああ」

もちろん肉棒のほうも休んではいない。大きく腰を使って、由衣の濡れた膣奥を高速で突き立てていた。

「ああ、いいわ、あああん、恭太くんのおチンチン、とっても深いわ、ああん」

尻たぶが波打つほどのピストンに、由衣は切なく激しいよがり泣きを見せている。

その瞳はずっと下にいる美咲子に向けられていて、口元には微笑みが浮かんでいるように見えた。

（挑発して、美咲子先生のマゾ性を煽っているのか……）

無理矢理に腕を伸ばして美咲子の膣口を指責めしているが、さすがに入口辺りまでしか届かない。

そんな女医を見下ろす由衣の妖しい目は、私のほうがすごく気持ちいい、と告げているように思えた。

「ああん、あ、由衣ちゃん、ああん、あああ」

ほんとうに由衣がそう考えているのかはわからないが、美咲子はかなり焦れているようだ。

指を入れた瞬間は歓喜していたが、いまはまた物足りなさそうな顔で、唇を半開きにしている。

「ふふ、先生、おチンチンが欲しいのかな？　でもお預け」

そして由衣も美咲子のそんな感情を読み取っている。いたずらっぽく笑いながら、美咲子の巨乳の先端を指でつぶした。

「ひっ、ひいん、由衣ちゃん、あああ、意地悪、ああ、あああん」

乳首が指で押しつぶされた瞬間、美咲子は仰向けの身体をのけぞらせて、切羽詰まったような声をあげた。

その顔は子供がぐずるかのようで、なんとも切なさに溢れていた。

「ふふ、だーめ、先生は由衣のおっぱいを舐めてなさい」

そんな女医に由衣はまた笑みを見せると、自分の乳房を彼女の唇に押し当てた。

「あ、そんな、ああ、んんん、んんくう」

戸惑っている風の美咲子だったが、逆らわずに由衣の乳首を吸っていく。

「ああん、いいわ先生、ああ、上手よ、あああん」

由衣は笑顔のまま、歓喜の声をあげている。白く小柄な身体をくねらせながら、美咲子の乳首も指で摘まむ。

「んんんん、んくうう、んんんん」

「あああん、いい、あああん、すごくいいわあ、あああん」

鼻息を漏らしながらこもった呻きをあげる女医。膣と乳首同時の快感によがり泣く看護師。

どちらも身体がピンク色に染まり、全身から淫気のようなものが立ちのぼっていた。

(由衣さんの中もすごく締まってきてる)

やはり由衣は相手を責めて興奮を深めるタイプなのだろうか。膣道がうごめきながら怒張に絡みついてくる。

その締めつけに溺れながら、恭太は夢中で怒張を振りたてた。

「あああん、ああ、もうイキそう、ねえイカせて恭太くん、中に出して」

蕩けた顔をうしろに向けた由衣は、中に射精をしてくれと求めてきた。

妊娠の対策はちゃんとしてあるからと、いつも由衣とするときは生で中出しだ。

「は、はい、おおおお」

由衣の狭い膣道に溺れている恭太もそんなに長く持ちそうにない。快感に顔を歪めながら、膝立ちの下半身を大きく使って、いきり立った肉棒を突き続けた。

「きょ、恭太くん、ああ、美咲子もイキたい」

膣口をかき回されている女医も、切羽詰まったような顔をして求めてきた。唇もだらしなく開いたままで、女医として病院で見せていた知性などまるでなかった。

「だめって言ってるでしょ。先生はこの次、ああん、ああ、気持ちいい、あ」

由衣は美咲子をどこまでもいじめ抜くつもりなのだろう。自分の身体の下にある美咲子の巨乳を揉みながら、意地悪く囁いている。

いま美咲子の膣口にある指を抜いて、そのうえにあるクリトリスを刺激したら、絶頂に追いあげるのも可能かもしれない。

(でも、しないほうがいいよな……)

もう恭太は由衣の思惑に乗ると決めているし、言う通りにしたほうが、美咲子はさらに被虐の泥沼に沈んでいくように思えた。

恭太は美咲子の膣口にあった指を、そっと引き抜き、由衣の尻たぶを再び握った。

「ああ、そんな、ああ、私、ああ、いやあ、ああ」

絨毯《じゅうたん》に横たわる身体をじたばたさせて、美咲子は切ない声をあげている。

女医という堅い仕事についている女性でも、ここまで欲望に負けて取り乱すことがあるのか。恭太はあらためて女の肉欲の深さを知った。

「ああ、もうイキそう、ああああん、ああ、恭太くんのおチンチン、ああ、いい」

ただ、いまは由衣に集中しなければならない。瑞々しい尻たぶに強く指を食い込ませた恭太は、これでもかと怒張を打ち込んだ。

「あああ、ああん、イク、イクわ、ああ、イクううううう」

三十歳の女医の肉感的な身体のうえで、こちらもグラマラスなボディをのけぞらせた看護師は、最後の声をあげた。

同時に美咲子の巨乳を強く握りしめ、白い肌をビクビクと波打たせた。

「うう、俺も、くう、イク」

肉棒を由衣の狭い膣奥に押し込み、恭太も絶頂に達した。腰が強く震え、怒張が脈打って精液が飛び出していく。

「ああ、すごい勢い、ああん、恭太くんの精子、熱い」

美咲子を挑発しているのか、それとも中出しの快感に本気で酔いしれているのか、由衣は恍惚とした顔でずっとよがり泣いている。

「ああ、由衣ちゃん、ああ」

その下で女医は唇を半開きにしたまま、切ない声をあげ続けるのだった。

ふたりの女性を同時に相手にするなど、もちろん生まれて初めての経験だ。あまりに淫靡な経験の余韻に浸っていたいが、そんな時間を彼女たちが与えてくれるはずもない。

場所をベッドに変えて、こんどはシーツのうえに膝立ちになるように、由衣に命じられて、そうしていた。

「さあ、先生、まずは恭太くんを復活させてあげないと」

射精を終えたばかりでまだだらりとしている恭太の肉棒を指差し、同じくベッドに膝立ちの由衣が笑った。

「ああ……はい……」

そして、さんざん焦らされて泣き顔を見せていた女医は、その言葉に頷き、恭太の前に四つん這いとなった。

ワンルームの部屋に不似合いなくらいに大きなベッドは、三人が乗ってもまだ余裕があった。

「お願いします、美咲子先生」

恭太もまた、サディスティックな由衣の言葉に流されるように、犬のポーズで染みひとつない背中を見せている女医を見た。

さっき射精したばかりなので、きつさもあるのだが、それ以上にこの異常な雰囲気に興奮していた。

「うん……あ……んんん」

拭き取っていない精液と、由衣の愛液にまみれた亀頭に、美咲子はためらいなく舌を這わせてきた。

頭を突き出して舌を出し、手はいっさい使っていない。犬のような扱いをされている自分に、マゾの性感を燃やしているのだろうか。

「んん、んふうう、んんんんん」

まさに牝犬のごとく、美咲子は熟れた巨尻を振りながら肉棒を舐め続けている。

ねっとりと舌を這わせ、時折その厚めの唇で吸いついてきた。

「うう、先生、くうう、うう、いいです」

射精したばかりの気怠《けだる》さも残っているというのに、恭太は快感に声まであげていた。そのくらい、焦らされて肉欲にすべてを委ねている女医の舌使いは、ねちっこくて巧みだった。

「んんん、んん、大きくなってきたわ、恭太くんのおチンチン」

当然ながら肉棒のほうも反応し、亀頭がうえに向かって立ちあがった。

切れ長の瞳を虚ろにして見あげてきた美咲子は、その先端部を唇で包み込んできた。

「んんん、あふ、んんんん」

舌からしゃぶりあげにかかわっても、その激しさはかわらない。愛おしげに怒張に吸いつき、頭を大胆に振ってくるのだ。

(もうチンチンのことしか考えられない状態なのか……)

そんな美人女医を見下ろしながら、恭太はそんなことを思っていた。

知的な彼女をそこまで追い込んだのは、そばで見ている由衣だ。そちらをちらりと見ると、由衣はにやりと笑った。

「うふふ、美咲子先生のここ、ヨダレがダラダラよ。はしたない」

由衣はうしろに突き出された美咲子の桃尻のほうに移動し、晒されている股間を覗き込んで嘲笑した。

「んんんん、ぷは、だって、ああん、ずっとお預けされてたから、ああん」

いちど肉棒を吐き出した美咲子は、顔をうしろに向けて桃尻を揺さぶった。

由衣のテクニックでかなり感じさせられたあと、ずっと放置されていた女体は確かに限界なのだろう。

「ふふ、いやらしい子ね。美咲子先生がこんな変態だってみんなが知ったらどう思うかしらね」

由衣はまたネチネチと囁きながら、美咲子の桃尻を揉み始めた。ただ秘裂やクリトリスには触れていない。

この期に及んでもまだ美咲子を焦らして性感を煽っているのだ。

「ああ、やあん、そんなのみんなに知れたら、生きていけないわ」

泣きそうな声でそう訴えている美咲子だが、四つん這いの身体はずっとくねっていて、声もさらに艶っぽくなっている。

身体の下で大きく横揺れしている巨乳の先端も硬く尖りきっていた。

(怖《こえ》え、女って恐ろしい……)

男にはあり得ないような粘着質な言葉で、美咲子の性感を煽っている由衣。そしてそれに応えて、見事なくらいに発情している美咲子。

ふたりから感じる業《ごう》のようなものが、恭太は正直怖かった。

（でもエロい……）

Sの由衣に、Mの美咲子。とくに女医という職業にありながら、みじめなほど翻弄《ほんろう》されて、喘ぎ泣く美咲子の姿に、恭太は恐怖以上に興奮を覚えるのだ。

「もう欲しくてたまらないのね、おチンチンが」

「ああ、欲しい、欲しいです、あああん、早くおチンチンが欲しい」

もうプライドのひとかけらも残っていないのだろう。美咲子は肉棒に舌を這わせながら、切羽詰まった声をあげた。

「いいわよ、そのかわり私のことも無視しちゃいやよ、ちゃんと美咲子先生が感じるところを見てあげるからね」

由衣は恭太に目で合図をすると、腰を浮かせた。恭太も頷いてベッドのうえを移動し、美咲子のお尻の側に回った。

「ああ、美咲子をちゃんと見て、おチンチンで狂ってる姿を見て笑って」

もう完全に由衣の支配下にある様子の美咲子は、そんな言葉まで口走り、恭太と入れ替わりに自分の顔のほうに来た由衣の手を握った。

「だって。たくさん突いてあげてね、恭太くん」

由衣の言葉に頷いて、恭太も美咲子の桃尻を摑み、完全復活した怒張の挿入体勢に入る。

(なんかバイブみたいな扱いだな俺……まあ、いいか)

由衣の道具として使われているような感覚もあるが、自分も気持ちよくなるのだから、文句を言う気持ちにはなれなかった。

なにより、ふたりのタイプがまったく違う美女と、濃厚な時間に溺れているのだ。不満を言うのは贅沢だ。

「いきますよ」

ほんとうに愛液をダラダラと垂れ流しながら、開閉を繰り返している三十歳の熟れた媚肉。

恭太は昂ぶりながら、そこに向かって亀頭をゆっくりと押し込んでいた。

「あっ、来た、ひあっ、あああ、大きい、ああ、あああん」

巨大な亀頭が膣口を拡張するのと同時に、美咲子は四つん這いの白い身体をのけぞらせて、切羽詰まった声をあげた。

そのあまりに強い反応に驚きながら、恭太はじっくりと怒張を押し出していく。

一気に入れたいという思いもあるが、吸いつくような媚肉を楽しみたいし、なにより彼女の性感をもっと煽れると思ったからだ。

「あ、あひ、ひあ、あぁん、ああ」

ゆっくりと入っていく怒張。それを見て由衣がまた淫靡な笑みを浮かべた。

そして美咲子のほうは、亀頭が進むたびに四つん這いの身体を震わせ、呼吸を詰まらせながら、よがり泣いていた。

「お尻までフリフリして、先生ってば牝犬になっちゃったみたい」

美人女医に残酷な言葉を浴びせながら、由衣は美咲子のGカップに手を伸ばす。

四つん這いの白い上半身の下で、フルフルと揺れている巨大な肉房を、由衣の小さめの手のひらがギュッと握りつぶした。

「あっ、そんな、あああん、言わないで由衣ちゃん、ああ」

さすがに牝犬と呼ばれては辛くてたまらないのか、美咲子はなよなよと首を振っている。

ただ肉棒を飲み込んでいる、ドロドロに蕩けた媚肉は、マゾの感情に反応しているのか、さらに狭くなる。

「ふふ、嘘ばっかり。ほんとうは淫乱なマゾの牝犬だっていう自覚があるんでしょ、先生は」

むずがる美咲子を嘲笑しながら、由衣は両手で激しく目の前の巨乳を揉みしだいていく。白い柔乳はもう原形をとどめないほどぐにゃりと歪んでいた。

「ああん、そんな、そんなの、ああ、あああ」

美咲子は黒髪の頭を振って、よがり泣きを激しくしている。吸いつくタイプの媚肉もさらに亀頭に絡みついてくる。

「そんなこと言ってもすごい顔に……あら、もう全部入りそうよ、先生」

ニヤニヤと淫靡な笑みを見せながら、悩乱する女医の顔を覗き込んでいた由衣の目線が、恭太のほうに向けられた。

「はい、くうっ、最後は一気にいきますよ」

濡れた女肉をなぞるように進んでいた怒張が、ゆっくりと美咲子の最奥を捉えた。

吸いつく媚肉の強烈な快感に、膝立ちの下半身全部が痺れ、恭太のほうも息を荒くして喘いでいた。

気を抜けば射精しそうになるのを堪えながら、恭太は最後だけ力を込めて、怒張を突き出した。

「ひいいい、ひああああ、奥、はあああん」

恭太の巨根が膣奥からさらにまた奥へと突き立てられる。同時に美咲子の四つん這いの身体がのけぞった。

「ひあっ、ふおおおおおお」

喘ぎ声なのか、叫び声なのかわからないような、雄叫びに近い声をあげながら、美咲子は朱色に染まった白い肌を波打たせている。

一気に感極まったような様子で、シーツを摑んだまま頭をなんども落としていた。

「あはは、すごい声。その声、ほんとうに獣みたい。ねえ、言った通りでしょ、先生は動物よ、犬なのよ」

自我を失っているような様子の美咲子に、由衣のサディスティックな言葉が浴びせられる。

そんな中で恭太のほうも、ほとんど無意識の状態でピストンを始めていた。

「あっ、あああ、ひあ、ああ、あああん、犬、ああん、ああ」

もう虚ろな感じで美咲子は呼吸を激しくし、激しいピストンに身を任せている。

そんな彼女の声を聞く恭太に、ある願望が芽生えてきた。

「み、美咲子先生のいやらしい顔、俺にも見せてください」

美咲子のバストをずっと揉んでいる由衣のほうを見て、恭太は言った。

知的な女医がいまどんな淫靡な顔をしているのか、自分の肉棒でどこまでよがり狂っているのか、それが見たくてたまらなかった。

「ふふ、いいわよ、そのままでも見られるようにしてあげるわ」

由衣はそう言うと、Ｆカップのバストを揺らしながら、ベッドから降りていく。

そして部屋の壁に無造作に立てかけてあった、姿見を抱えて戻ってきた。

「ほら、先生もちゃんと自分のエッチな顔、見なさいね」

由衣は楽しげに、その姿見を四つん這いの美咲子の前に立てた。鏡にはもちろん紅潮しきった女医の乱れ顔が映っていた。

「ああ、いや、あああ、いやあああ、ああ」

妖しく蕩けた切れ長の瞳。半開きになっている厚めの唇。額には汗の雫まで浮かんでいる。

悦楽に溺れきっている自身の顔を目の当たりにし、美咲子は泣き声をあげて顔を横に伏せた。

「うう、すごいエロい顔ですよ、美咲子先生」

先日、美咲子を追いあげたとき以上に、彼女の顔は淫らに見えた。由衣に快感を煽られ、そして焦らされ続けた末に、ようやく入ってきた男根に、もうすべてが崩壊しているように思えた。

「先生、こっちへ」

恭太もそんな女医にさらに昂ぶっていく。背後から美咲子の巨乳を鷲づかみにして抱えあげると、そのまま自分はうしろのベッドに尻もちをついた。

「あああ、あひいいいい」

美咲子の巨尻が恭太の膝のうえに乗り、体位が背面座位にかわった。

自身の体重を恭太の巨根に浴びせる状態になって美咲子は、またさらなる絶叫をワンルームの部屋に響かせた。

「おお、先生、すごくエロいです」

由衣が立てている姿見をさらに前に押し出してきた。そこには大股開きで顔を崩壊させる美人女医の全身が映っている。

恭太の手で歪まされた巨乳や、みっしりと繁った黒毛。その下にある、大きく開いた入口からダラダラと愛液を垂れ流しながら、血管が浮かんだ怒張を飲み込んだ秘裂も、すべてが大映しになっていた。

「ああ、ああん、だって、ああん、恭太くんのおチンチンすごいからあ、ああん」

ベッドの反動を利用して、肉棒がリズムよく上下して、大股開きの股間の真ん中から姿を見せては飲み込まれる。

美咲子も唇を大きく割り開き、内腿を引き攣らせながらよがり狂っていた。

「先生、最高に気持ちいいって顔になってるわ。いままでの彼氏とかと比べてどう？」

姿見のうしろから少しだけ顔を出して、由衣がそんなことを聞いた。

「あああん、あああ、何倍も気持ちいいわあ、あああ、こんなに感じたこと、あああん、ないっ、ひぃいいいん」

過去の恋人との行為まで否定しながら、美咲子は大きく背中をのけぞらせた。

そんなことはなかなか男のほうからは聞けない。何倍もいいという言葉を聞いて、恭太もさらに燃えあがる。

「もっと感じてください、先生、おおおお」

彼女の乳房をがっちりと固定し、恭太は力の限りに怒張をピストンした。

その突きあげが激しすぎて、膝のうえで美咲子のグラマラスな身体がバウンドし、黒髪がふわりと浮かんで落ちた。

「ひいん、ああ、いい、あああん、生まれてからいちばん気持ちいい、イッちゃう」

開いた唇の奥から舌まで覗かせながら、美咲子は限界を叫んだ。

「先生を気持ちよくしてるのは、私と恭太くんよ、それを思いながらイキなさい」

姿見の横から顔を出している由衣は、声を強くして言ったあと、片手を伸ばして、肉棒を飲み込んでいる膣口のうえにある、ピンクの突起を指で摘まんだ。

敏感なクリトリスが少し伸びるほど、強く引っ張っていく。

「あひいいい、ありがとうございますう、あああ、美咲子は、あああん、もう由衣ちゃんと恭太くんの飼い犬ですう、あああ、イクイク、イク」

ついに犬になるとまで宣言しながら、美咲子はだらしなく開いているムチムチとした両脚をピンと伸ばして引き攣らせた。

「あああ、イクううううう」

最後は背後にいる恭太の腕に爪を立てながら、美人女医は絶頂を極めた。

「うう、俺もイク、くうううう」

腕に爪が食い込む痛みを合図に、恭太も限界に達した。由衣が避妊薬を持っているのは知っているので、なんとかなるだろうと、そのまま膣奥に射精する。

「あああ、恭太くんの精子、あああん、来てる、ああ、嬉しい」

射精が始まると、美咲子はまた顔を崩してよがり泣いた。

吸いつくような感触の媚肉が、さらに強く絡んできて、精液が搾り取られていく。

「くう、うう、先生のオマンコも最高です、ううう」

腰が勝手に震え、次々に精液が発射されていく。二度目だというのになかなか射精が収まらない。

「あああん、ああ、牝犬の子宮に精子、たくさん出して、あああん、ああ」

美咲子はそのすべてを膣奥で受け止めながら、歓喜に震えている。そんな彼女のクリトリスを、由衣は笑顔を浮かべてしごき続ける。

Sの看護師とMの女医。淫らな狂宴に飲み込まれ、恭太は腰を激しく震わせ続けるのだった。

第四章　熟れ肌に包まれて

変態的なセックスをしたあと、あのふたりの関係はどうなるのだろうか。本来の上下関係が逆転したどころか、もう主従のような状態になっていたように思う。

病院でいままでと同じように接していけるのか、さすがに心配になった。

（でも、聞く勇気はないな……）

恭太のほうからそれを聞いたりしたら、三人で話し合いだとかなんとか言って、また3Pをすることになりそうだ。

由衣と美咲子の乱れた姿を思い返したら、いまも興奮に勃起してくるが、一方で彼女たちの貪欲さにはちょっとビビっていた。

「ん？」

そんなことを思って、自室のベッドのうえにいると、インターホンが鳴って、母親が誰かと話す声が聞こえてきた。

宅配便かなにかにしては長いし、父親も加わっている様子だ。時計を見たら午後七時、両親は仕事に行くのが早い分、帰ってくるのも早いのでふたりとも揃っていた。

「女の人？」

なにごとかと階段のそばまで行くと、両親は女性と話しているようだ。

相手の声も若い感じがして、恭太はそっと階段を途中まで降りていった。

(れ、玲那さん？)

顔を少し出すと、玄関に立っていたのは看護師寮の寮長で、恭太の好みにジャストミートな美女、飯島玲那だった。

今日はパンツにブラウスの少しゆったり目の服装だが、それでもスタイルの良さが際立っていた。

「ん、おい恭太、ちょっと降りてこい」

玄関をあがったところで、玲那と向かい合っている父が、恭太が階段の途中まで来ているのに気がついて手招きした。

玲那と母が同時に、階段のほうを見あげる。

「え、な、なに……」

ふたりの目線が、やけに冷たい感じなのに恭太は驚きながら、階段をゆっくりと降りていく。

もしかして、この前、女医の美咲子の部屋で3Pをしたのがバレてしまったのか。

それを知って、寮長の玲那が怒鳴り込んできたのかもしれない。

「は、はは、こんばんは、飯島さん」

階段を降りて恭太は頭を下げるが、玲那は冷たい目で恭太を見て、なにも挨拶を返してくれない。

これはもう完全にクズ男だと軽蔑されている。玲那とろくに話したことすらない関係だが、すべてが終わったように恭太は思った。

「恭太、あんた情けないよ、自分の息子が犯罪者なんて、私は……」

母は唇を嚙《か》んで涙ぐんでいる。父親も大きなため息を吐いていた。

「へっ、犯罪、なんのことだよ。俺が？」

自分のほうを指差して、恭太は両親と、玄関に立ったままの玲那を交互に見た。

確かに寮に忍び込んでふたりの女性と関係を持ったが、法に触れるようなところまではいっていないと思う。

さすがに犯罪者呼ばわりまでされる覚えはない。

「お前、いくら彼女もいないからって、覗きなんて」

「ええ、覗き、し、してねえよ。そんなこと、どうして……」

仕事はサラリーマンだが、柔道の有段者で正義感も強い父親の言葉に、恭太は慌てて反論した。

覗きとはどういうことなのだろうか。

「一昨日の夜に、寮生がお風呂に入っていたとき、誰かが外の廊下から覗いていたらしいのです」

ここでようやく黙っていた玲那が口を開いた。

寮は、ワンルームマンションだったころから、浴室とトイレが別々の造りで、浴室には換気用の小窓がついている。

寮生の女性が小窓を少し開けて入浴していたところ、男が外廊下から覗いていたというのだ。

「ど、どうしてそれが俺ということになるんだよ」

玲那の話によると、覗きがあったのは三階の部屋だという。由衣も美咲子も二階の住人なので、恭太はいちども三階には踏み込んだことはなかった。

「庭の塀に足跡があったのよ。庭から塀を乗り越えて入ったんでしょ」

両親も玲那も完全に恭太を疑っているのは、塀のうえについた足跡が原因のようだ。

足跡については完全に思いあたる節がある。たぶん由衣の部屋に忍び込んだときのものだろう。

「恭太、正直に言いなさい。素直に認めたら、飯島さんも被害者のかたも警察だけは勘弁してくれるそうだから」

もう罪を認めて楽になれとばかりに、母が悲しい目で言った。

「違う、俺は覗きなんかしてないって、ほんとに」

そう、覗きだけはしてないのだ。覗きだけは。

「恭太……」

呆れたように父がまたため息を吐いた。どこまで息子を信用していないのだろうか。どうすれば両親と、そして玲那に信用してもらえるのか。困り果てていたときに、玲那が手に持っていたスマホが鳴った。

「すいません、あ、はい、はい……え、体格？　はい」

玲那は少し話したあと、両親と恭太のほうに顔を向けた。

「あの……覗かれた者が、恭太さんの身長を聞いているのですが」

スマホから顔を離した玲那が恭太のほうを見た。

「え、百七十七センチです」

父親のようにガタイがいいわけではないが、恭太の身長はそこそこ高めだった。

「百七十七だそうです、えっ、もう少し小柄だった、はい、はい、わかりました」

再びスマホで誰かと話した玲那は、恭太と両親のほうを向いた。

「あの、覗かれた本人がいまからここにきて、確認したいと申しているのですが、よろしいでしょうか？」

玲那はなんだか申しわけなさそうな顔で言った。

「はい、もちろんいいですよ」

恭太が返事をするよりも先に、父親がそう言った。玲那の会話の内容からして、犯人の特徴が恭太と一致しなかったようだ。

両親のほうに恭太が顔を向けると、ふたり揃ってばつが悪そうに目を逸らした。

「こんばんは」

数分もしないうちに、ひとりの女性が玄関に現れた。寮生と言っていたから若い女性かと思っていたが、三十代といった感じの雰囲気の人だった。

頬は丸みがあって、瞳は二重の垂れ目で、癒やし系の感じのする美熟女だ。少し薄めの唇が可愛らしくもあった。

「整形外科の看護師の杉浦由美子《すぎうらゆみこ》と申します。うーん、違います。もっと小さめの人でした」

声も優しい感じの由美子は、犯人の顔は見られなかったが、階段のほうに逃走していくうしろ姿は目撃した。犯人は恭太よりもかなり小さかったと証言してくれた。

その言葉を聞いて、もう恭太は身体の力が抜けて、階段に座り込んだ。

「すいません、私、とんでもない勘違いを」

そして玲那は腰をもう九十度以上に折って、頭を下げている。真面目な彼女は自分がやらかしてしまったと消沈している。

「いやあ、まあ恭太ならやりかねないかと。大学が暇だからって、いつも家にいるニートみたいな人間だし」

「そうよねえ、私もてっきり恭太が犯人だとばかり思ったわ。なんせ馬鹿だから」

あまりに恐縮している玲那に、両親がゲラゲラと笑いながら言った。

とりあえず恭太がまったく両親に信用されていないというのだけは、はっきりと伝わってきた。

「ふふふ、そんなことありませんよ。立派な息子さんじゃないですか」

両親のあまりの言いように呆然となる恭太を見て、由美子がクスクスと笑った。

「あのー杉浦さんって、もしかして以前にL病院にお勤めじゃありませんでしたか」

そんなとき、母が由美子を見て言った。Ｌ病院といえば隣の市にある大きな病院で、恭太は子供のころそこに入院していたことがある。

出先で車にひかれて脚を骨折し、しばらくお世話になっていたのだ。

「そうです、つい先日までそこで長い間勤めてましたが」

「やっぱり。ほら、恭太、あんたが入院してたとき、お世話になった看護師さんよ」

母の言葉を聞いて、恭太ははっとなった。今日は当然だが、白衣ではなく、Ｔシャツに膝丈のスカートという出で立ちなので、まったくわからなかったが、一気に思い出した。

「じゃあ小学生の俺に、すごくよくしてくれた……そのせつはお世話になりました」

恭太も慌てて腰掛けていた階段から立ちあがって頭を下げた。

事故相手の配慮で恭太は個室にいたのだが、夜になるとひとりになるため、寂しくて泣いていたところ、様子を見に来た由美子が眠るまで抱いてくれた。

当時はまだ二十代だったはずの彼女からの、甘い香りと、胸の柔らかさを感じながら、眠りについたのだ。

「思い出しました。恭太くん、すごく大きくなってるからわからなかったわ、立派になったのねえ」

あのときとかわらない、少しのんびりとした話しかたで、由美子は笑っている。笑顔になると垂れ目の目尻が下がるのも同じだ。

そしてよく見るとTシャツの胸が大きく膨らんでいる。あの夜に頬に感じた柔らかさ、それが恭太の巨乳好きの原点かもしれなかった。

「いや、まあ、外側だけです、立派になったのは、はい」

夜寝られずに泣いていた自分を、由美子に覚えられているであろう恥ずかしさもあり、恭太は顔を真っ赤にして頭を掻いた。

そんな恭太を見て、玲那もようやく笑顔を見せてくれた。

誤解が解けてほっとした恭太だったが、覗き魔に対する怒りの気持ちがふつふつとわきあがってきた。

「また来やがったら、絶対に捕まえてやる」

恭太は夜になると、窓際にイスを持ってきて、カーテンの隙間から誰か怪しい人間が忍び込んでいないかと見張っていた。

風呂覗きなら、普通の女性が入浴しているであろう時間に来るはずだから、時間帯は限られている。

「しかしこうして寮を見ているのを知られたら、俺も覗きだと言われるかもな」

恭太の家からは裏の外廊下しか見えないのだが、独身男が部屋のカーテンの隙間から女子寮を眺めているというのは、充分に変態だと疑われそうな行為だ。

(今日来なかったら、もうやめようかな……)

こうして見張り始めてから、今日で一週間になる。よく考えたら、いちど、バレてしまった現場に覗き男が再び現れる可能性は低いように思う。

他の場所に行って覗けばいいだけだからだ。

「今日は由美子さんもいるみたいだしな」

恭太の部屋から見える、由美子の部屋のドアの横にある小さな小窓。そこに灯りがともっている。

ということはいま由美子は入浴しているのかもしれない。

(なんかムチムチしてて、すごくエロかったな……)

恭太が疑われたと聞いて、日頃の行いが悪いからだと大爆笑した由衣からの情報によると、由美子は三十八歳だそうだ。

若い女にはないしっとりと熟した色香と、彼女の持つ包み込むような優しい雰囲気。

そんな由美子が一糸まとわぬ姿で入浴している姿を想像すると、恭太はなんだかムラムラしてくるのだ。

「だめだ、これじゃほんとに覗きだ」

肉棒も少し勃起し始めている。女子寮を見ながらそんな妄想をたぎらせている自分は、変質者と変わりないのではないかと、恭太ははっとなった。

「ん？」

そのとき、恭太の視界の隅っこに、黒い影が入った。影は恭太の家の横側の塀のところから顔を出し、庭のほうをうかがっている。

「ほんとに来やがった」

恭太の家の横側は、隣の家の塀との間に四十センチほどの隙間がある。

痩せ型の人間なら、そこに身体を入れ、庭のところまで移動してくるのは簡単だ。

「見てる。よし行こう」

男は塀のうえから顔だけを出し、寮の外廊下のほうを見ている。どうやら恭太の家の庭を経由して侵入するつもりのようだ。

恭太は逃がすまいと、足音を立てないように、一階に降りていき、両親の寝室に入った。

「父さん、覗き魔が来た。起きて」

早くに寝ている父親を揺すって起こし、声を立てないように伝える。

眠い目を擦りながら起きてきた父と、暗い一階のリビングのカーテンの隙間から庭を見ると、黒ずくめの小柄な男がちょうど庭にいた。

「こらっ、なに者だ貴様」

柔道の黒帯の父はサッシをいきなり開いて、庭に飛び出していく。

恭太もリビングの灯りをつけて、あとに続く。リビングからの光で急に明るくなった庭で男が跳び上がり、塀のほうに逃げようとする。

「待て」

裸足のまま庭を走り、恭太が塀をのぼろうとしている男にタックルして引きずりおろす。

「どりゃああ」

塀から手を離して落ちてきた男の襟首《えりくび》を父が摑み、背負い投げを放った。

「ぐふっ」

空中で一回転した男は、背中から土のうえに叩きつけられ、こもった声をあげてぐったりとなる。

父はそのまま男のうえにのしかかり、地面に押さえ込んだ。

「恭太は脚を押さえろ」

父の命に従い、恭太は男の脚を両手で押さえた。大騒ぎをしているので、女子寮のほうからも人が何人か出て来た。

由衣と美咲子は夜勤なのか姿はないが、玲那は一階の外廊下から顔を出している。

「玲那さん、警察に」

とっさに彼女を下の名前で呼んでしまったが、玲那はすぐにスマホを取り出して、電話をし始める。

そうしているうちに、他の寮生たちも一階の外廊下に集まってきた。

「幸雄《ゆきお》さん」

その中から聞き覚えのない名前が聞こえてきた。声の主はなんと由美子だった。

「うう、由美子」

父に上半身を押さえ込まれている男がこもった声をあげた。

「え、杉浦さんのお知り合いですか？」

通報を終えた玲那も、驚いて由美子のほうを振り返っている。

「あの……別居中の私の夫です……」

目を見開いて蒼白《あおじろ》い顔をした由美子が、自分の口を手で塞《ふさ》ぎながら呟いた。その声はかすかに震えている。

「ええっ、由美子さんって独身のはずじゃ」

犯人が由美子の夫と聞いて恭太もびっくりしたが、他の看護師や玲那のほうが驚いている。

全員が固まる中、遠くのほうからパトカーのサイレンの音が聞こえてきた。


由美子の夫である幸雄は、彼女に暴力をなんどもふるい、別居となっていたらしい。

離婚の調停もしていたが、未練のある夫は由美子に会おうと忍び込んできたのだ。

そのことは、N病院の院長と、以前に恭太の家に挨拶に来てくれた事務長しか知らなかったらしい。だから寮生の全員がびっくりしていたのだ。

警察がやってきて玲那と由美子を含めた数人の看護師たちも、恭太の庭に集まっていた。

「では、皆様、明日またよろしくお願いします」

由美子に対するストーカー行為などの疑いもあるが、とりあえず夫の幸雄は、恭太の家への不法侵入で逮捕され、警察に連行されていった。

もう夜も遅いので、事情聴取は明日という話になり、警官たちは幸雄をパトカーに乗せて去っていった。

「どうも申しわけございません。大変なご迷惑を」

恭太と父に対し、由美子はなんども頭を下げている。彼女は風呂に入っていたのか、まだ髪の毛が濡れている。

薄手のスエットの上下という出で立ちだが、ムチムチとした体型は隠しきれておらず、漂うシャンプーの香りがかぐわしかった。

「いやいや、いいんですよ。大変ですな」

泣きそうな顔で、なんども詫びている由美子を父がなだめている。警察との話もほとんど父親がしていた。

息子を犯罪者扱いした親父だが、こういうときは頼りになる。

(玲那さんはパジャマ……)

その息子のほうは、こんなときでも女性に目を向けていた。

自分でもわかっているのだが、青の薄手のパジャマ姿の玲那がどうしても気になってしまう。

(も、もしかしてノーブラ……)

他の女性たちは皆、スエットなどの部屋着だから、ひとりだけパジャマ姿の彼女はよく目立つ。

薄い生地には玲那の、細身の身体に不似合いなくらいに豊満な乳房の形が浮かんでいるのだが、丸いその膨らみの頂点にボッチが見てとれるのだ。

(うう、やばい、見てたら勃起しそう……)

自分でも最低の人間だと思うが、巨乳好きの性癖はどうにもならない。

恭太はいまTシャツにハーフパンツなので、肉棒が勃《た》ちあがりでもしたら、すぐにばれてしまうだろう。

こんどこそ本物の犯罪者認定をされてしまうと、恭太は慌てて顔を伏せて、玲那のほうを見ないようにした。

「あら、恭太くん、どこか痛いの？　やだ、腕から血が」

もう解散しようという話になったとき、俯いている恭太を見ておかしいと思ったのか、由美子が覗き込んできた。

彼女の言葉にはっとなって自分の腕を見ると、三本ほどのひっかき傷があった。

幸雄を塀から引きずりおろしたとき腕を掴まれたので、その際についた傷のようだ。

「大丈夫です、はい……痛《い》てて」

恭太のほうは、まさか勃起しないように地面を見ていたなどと言えず、慌ててごまかすように腕を振った。

ただ傷はそこそこ深いのか血が流れていて、いまさらながら痛くなってきた。

「だめよ、ちゃんと治療しないと。ねえ玲那ちゃん、私の部屋に来てもらってもいいよね」

由美子は恭太の腕を摑んで振るのをやめさせると、そばで見ている玲那に言った。

女子寮は男子立入禁止だから、本来なら男の恭太は入ってはいけないのだ。

「はい、大丈夫です、今日だけは」

切羽詰まった願いのような由美子の声に、玲那も頷いた。


三階にある由美子の部屋は、シンプルというか、あまり家具もなく、テレビとベッドとテーブルくらいしか置かれていなかった。

段ボール箱がたくさんあって雑然としている美咲子の部屋とはかなり違う。夫から逃げるように家を出たのかもしれないと、恭太は察した。

「はい、これでいいわ」

由美子の部屋についたときには、すでに血は止まっていたが、ちゃんと消毒して包帯まで巻いてくれた。

さすがというか、包帯の巻きかたも完璧だった。

「ありがとうございます」

「そんな、お礼を言うのは私のほうよ。ごめんなさい、ほんとうに」

由美子は申しわけなさそうに正座して頭を下げた。

「とんでもないです。俺も子供のころの恩返しが出来てよかったです」

あのとき、眠るまで一緒にいてくれたのを覚えていると、恭太も礼を言った。

「ふふ、そうね、あのころの恭太くん、可愛かったわね。私はおばさんになったけど」

恭太を見つめながら、由美子は笑顔になってそんなことを言った。

「とんでもないです、杉浦さんはあのころとかわりません。いまでもすごく美人です、はい。一緒に寝てくれたときのこともちゃんと覚えてます」

恭太は頭を掻いて照れながら、少し彼女から視線を外した。豊満な身体のほうも同じですとはさすがに言えない。

じっと見ていると、それを由美子に気づかれそうで、目を逸らしたのだ。

「あら、そんな風に言ってくれると嬉しいわ。恭太くんも可愛い感じは変わらないわよ、また抱っこする？」

由美子もまた昔のことをはっきりと覚えているようだ。少し冗談ぽくだが、由美子は笑って、正座のまま両腕を前に伸ばした。

「え、いや、それは、その……」

もうそんな歳ではないと言わなくてはならないはずだが、恭太はその言葉が出てこず、もごもごと口ごもった。

スエットの上下を着ていてもわかる大きな乳房と、むっちりとした腰回り、両手を広げられるとそこに吸い込まれたいという思いが抑えられなかった。

「うふふ、いいわ。ちょっと待って」

そんな恭太を見て、由美子は垂れ目の目尻をさらに下げると、いちど立ちあがり、スエットのうえを脱いでいく。

「え、ええっ」

続けて下も脱ぐと、由美子はレースのあしらわれた白いキャミソール姿になった。

キャミソールは腰の中ほどまで丈があり、お揃いの白のパンティが見えている。

しっとりとした肌の肩周りや二の腕、そしてムチムチと脂肪が乗った両脚が晒されていて、恭太はもうぽかんと口を開いて眺めていた。

「お風呂からあがってこれを着てたんだけど、外が大騒ぎになったから、慌ててスエットをうえから着たの」

由美子はこのキャミソールをパジャマ代わりにしているのだろうか。なんにしても、熟した肉感的なボディを薄布が彩り、色香をさらにひきたてていた。

「じゃあいらっしゃい、恭太くん」

由美子は笑顔のまま、ベッドに行き、シーツのうえで横座りして、手招きした。

「は、は、は、は、は……い」

恭太のほうはろくに返事も出来ないまま、フラフラと立ちあがり、ベッドに歩いていく。

強烈な母性と、熟した女の艶の両方を持った由美子の懐に、恭太は吸い寄せられるように顔を埋めた。

「ありがとう恭太くん、嬉しかったわ」

横座りの彼女の胸に顔を埋めると、由美子は優しく恭太の背中を撫でてくれた。

キャミソールの薄布越しに感じる巨大な乳房。そのフワフワとした柔らかさに、身も心も包まれていった。

「いえ、あんなのなんでもないですよ」

由美子の温もりと、白い乳房から漂ってくる甘い香りに酔った。このままずっとこれに溺れていたい。

恭太は目を閉じ、ただ由美子に身体を預けていた。

「眠かったら寝てもいいのよ、恭太くん。でも別のことをしたかったら、それでもいいわ、私は」

その言葉に恭太は瞳を開いて、由美子の顔を見あげた。ピンクに染まった頬、少し妖しく潤んでいる垂れ目の瞳。

その色香が一気に増しているように思えた。

「眠りたくはないです。もう大人ですから」

由美子の言葉の意味を理解した恭太は、身体を起こし、キャミソールの肩紐をずらして、彼女の肩から滑らせる。

レースがあしらわれた胸の部分が下に落ち、巨大な双乳が姿を見せた。

「すごく大きい、んんんん」

こんどは生の乳房に、恭太は顔を埋めていく。男の手にもあまるような巨乳を揉みながら、色素が薄めの乳頭部に舌を這わせていった。

「あ、ああん、Hカップもあるから、あ、や、だめ」

大きすぎるのも大変だし、若いころに比べて張りもないと言った由美子は、恭太の舌が乳首に絡みつくと艶のある声をあげた。

あの夜の優しい看護師の甘い喘ぎ声。恭太はさらに興奮を深めながら、Hカップの柔乳を揉みしだき、乳房なりに大きめの乳輪部や突起を舐め回した。

「あっ、ああん、恭太くん、ああん、そんなエッチな舐めかた、いや」

由美子の喘ぎ声もどんどん激しくなってくる。恭太はそのまま彼女のキャミソールも脱がせると、白のパンティに手をかけた。

「あっ、いやあん、ああ」

由美子の身体をベッドに押し倒しながら、ねっとりとした質感の太腿からパンティを抜き取っていく。

熟女らしくみっしりと生い茂った陰毛と、こちらは若い女性とかわらないくらいに、形の美しいピンクの秘裂が露わになった。

(濡れてる……)

薄桃色の媚肉の外側は美しいが、膣口の奥はやけに肉厚で熟した果実のようだ。そしてその果肉は、すでに愛液にまみれてヌメヌメと濡れ光っていた。

唇をもっていった恭太は、クリトリスを舌で転がし、指先で入口をかき回した。

「あっ、ああん、だめ、両方なんて、ああん、ああ」

ベッドに仰向けで両脚を開いている由美子が、甲高い喘ぎをワンルームの部屋に響かせている。

染みひとつない、白い肌の内腿がヒクヒクと引き攣り、時折、足先がピンと伸びる。

(なんてエロいんだ……)

膣口からも湿った音が絶えずあがり、淫靡な香りが立ちのぼっている。

そしてなにより、まだ膣口の辺りしか触れていないが、肉厚の媚肉がねっとりと絡みついてくる。

ここに肉棒を入れたらどれほど気持ちいいのか、恭太は身震いした。

「ああ、いやあん、もう、エッチな子になったのね、あんなに可愛かったのに」

ひとしきり喘いでいた由美子は、また目尻を下げると、恭太の頭を押して自分の股間から離させた。

「こんどは私のほうからしちゃおうかな」

そして優しい口調で言いながら、恭太の服を全部脱がせていく。ベッドに尻もちをつく形で座らされ、トランクスまで脱がされていった。

「あら、こんなに」

由美子の熟した色香に煽《あお》られ、恭太の股間の愚息はすでにギンギンに勃ちあがっている。

隆々としたカリ首や、太い幹のような肉竿を見て、さすがの由美子も目を丸くして、手で口を塞いでいる。

「ほんとうに立派になっちゃって」

それでもすぐに自分を取り戻し、由美子はいきり勃った肉棒に舌を這わせてきた。ピンクの舌を亀頭の裏筋やエラに絡みつけながら、手で玉袋を揉んできた。

「うう、由美子さん、それ、うう、くううう」

亀頭からの快感もそうだが、玉袋を揉む強さがまた絶妙だ。恭太は一瞬で全身が痺れ、両手をうしろについて座った身体を支えていた。

「あふ、硬さもすごいのね、んんんんん」

快感にこもった声をあげる恭太を上目遣いで見つめながら、由美子はその薄めの唇で亀頭を飲み込んでいく。

大きく開いた唇の中に、野太い怒張が吸い込まれていった。

「うう、由美子さん、くうう、うう」

慈《いつく》しむようにゆっくりと頭を動かしながら、由美子は舌を亀頭に絡みつけてくる。玉袋もずっと揉まれていて、恭太はただ快感に身を任せるしかない状態となった。

「んんんん、んく、んんんん」

そんな若者を時折、潤んだ垂れ目で見つめながら、由美子は少しずつ頭の動きを速くしていく。

そして頬をすぼめて亀頭をしごき、玉袋を揉んでいる手の力も強くなっていった。

「はっ、はうっ、くううう、すごいです、ううう」

肉棒が蕩《とろ》けそうなくらいの快感に、恭太は腰まで自ら動かし、情けなく喘ぎ続けた。

由美子にすべてをもっていかれたい。そんな思いまでわきあがっていた。

「んんんん、ぷはっ、恭太くんのおチンチン、ヒクヒクしてるわ、もう出そうなのね」

男の反応もすぐに察し、由美子はいちど、口内から肉棒を出した。

「このままお口に出してもいいけど……うふふ、どうする」

そしてまた優しげな笑みを浮かべながら、肉竿を手でしごいてくるのだ。

「う、くうう、由美子さんとひとつになりたいです」

フェラチオが中断されても、絶えず快感を与えてくる、癒やし系の美熟女の技に身悶えながら、恭太は即答した。

なにより膣口に触れただけでも感じたあの肉厚な媚肉の感触。そこに自分の亀頭が包まれると想像するだけで、恭太は背筋が震えた。

「うふふ、いいわよ。恭太くんはそのままでいいからね」

恭太は完全に由美子の手のひらのうえだ。だけどそれがたまらなく心地いい。

そんな思いでいる若者に微笑みかけながら身体を起こした美熟女は、いきり立つ肉棒のうえに跨がってきた。

「あ、恭太くん、あ、すごく大きい、あ、あああ」

由美子は肉感的な両脚を大胆に開き、恭太の肩に両手を置いて、豊満な桃尻を沈めてきた。

愛液にまみれている媚肉に亀頭が触れ、ゆっくりと中に飲み込まれていった。

「うう、由美子さん、うう、気持ちいい、うう、いい」

指先でも心地よかった肉厚の媚肉。それが左右から押し寄せながら亀頭に絡みついてくる。

エラや裏筋に濡れた粘膜が密着しながら、少しずつ奥へと飲み込まれていくのだ。

恭太はただ気持ちいいとだけ繰り返しながら、腰を震わせていた。

「ああ、あああん、恭太くんのも、ああん、熱いわ」

目の前で巨乳を揺らしながら身体を沈めてくる美熟女も、息を荒くしながら淫らに喘いでいる。

ただ彼女は微妙に身体を上下させていて、媚肉で亀頭をしごきながら、怒張を飲み込んでいた。

「あうっ、くうう、由美子さん」

熟した女肉がエラや裏筋に甘く絡みつく。充分な愛液のぬめりが摩擦を軽くし、肉棒が痺れきっていた。

まだ入れたばかりだというのに、恭太はもう切羽詰まった声をあげた。

「ああああん、ああ、すごく大きい、ああ、ああん」

熟れた桃尻を揺すりながら、由美子はどんどん身体を沈めてくる。

亀頭が膣の奥に達した感触があり、そこで彼女の腰の動きが止まった。

「ううう、まだ奥に、ううう、くうっ」

由美子は亀頭が膣道を埋め尽くしたから、その動きを止めたのだろう。

だが恭太のほうは、もっと奥に入れたい。本能に突き動かされた若い男は、彼女の腰を掴むと自分のほうに引き寄せた。

「ひっ、ひあっ、あああん、だめ、あああああ」

ぬるっとした感触と共に、野太い怒張が彼女の奥の奥まで突き立てられた。

対面座位で完全に繋《つな》がり、由美子は息を詰まらせ、Hカップの巨乳を弾ませた。

「ああ、もう、恭太くん、だめよ」

大きく唇を開いた由美子だったが、ピストンしているわけではないので、すぐに自我を取り戻している。

それでも瞳を色っぽく潤ませたまま、恭太の肩を摑んで声をうわずらせていた。

「す、すいません、由美子さんの中がすごく気持ちよくて」

もう自分を抑えられませんでしたと、恭太は言った。

「うふふ、恭太くんのも大きくてすごいわ、私、びっくりしちゃった」

どこまでも受け入れてくれる美熟女は、垂れ目の目尻を下げながら、恭太の唇に軽くキスをしてきた。

「由美子さん、もっと」

すぐに離れていった由美子の唇がもどかしい。恭太は彼女の腰を抱き寄せると、こんどは自分から唇を寄せていく。

「いいわよ、んんんん」

下では若い巨根を受け入れたまま、由美子は恭太の舌を受け止める。

そして自らの舌もねっとりと絡ませてくるのだ。その動きもまた慈しむような感じで、すべてをもっていかれる。

「んんん、んんん、んんん」

クチュクチュと淫らな音を響かせながら、ふたりは互いの舌を貪り合う。

恭太はいつしかそばにあるHカップの巨大なバストにも手を伸ばし、フワフワとしたその感触を楽しんでいた。

「んんん、ぷはっ、由美子さん、俺が動いていいですか」

そしてようやく唇が離れると、恭太はたまらずにそう口にした。

ずっとうごめいている感じのする、由美子の膣内を怒張で突きまくりたくて、仕方がなかった。

「ああ、恭太くんの好きに、あ、あああん、そんなに、ああん」

由美子が言い終える前に、恭太は下から怒張を突きあげていた。

恭太の膝のうえで、ムチムチとした白い身体が弾み、たわわな巨乳がブルンと波を打った。

「うう、気持ちいいです、由美子さんの中、最高です、くうう」

彼女の腰に腕を回して、恭太はベッドの反動を使って怒張をピストンする。

ギシギシとバネの音が響き、肉棒が濡れ溶けた膣奥を強く突きあげた。

「あああん、ああ、私も、ああん、こんなに大きいの初めて、ああん、いいわ、あああん、すごくいい」

由美子のほうも一気に余裕がなくなってきて、息を弾ませながら白い身体をよじらせている。

垂れ目の瞳が妖しく蕩け、小さめの唇から激しい息が漏れていた。

母性溢れる美熟女を自分が牝の顔にしている。そう思うと恭太はさらに興奮してくるのだ。

「もっと、もっと気持ちよくなってください」

大きく肉棒を使い、彼女の濡れた膣奥を突きまくる。エラの張り出した亀頭を膣壁に擦りつけ、最奥に先端を食い込ませる。

「ああああん、ああ、いい、ああん、私、ああ、だめになりそう」

甘えた声を出しながら、由美子は自分の親指の爪を噛んでいる。そんな仕草もまたいやらしい。

男の欲望を全身で煽り続ける彼女に、恭太はさらに腰に力が入った。

「うう、俺も、うう、たまりません、すぐにでも出そう」

熱い媚肉が絡みついてくる膣内を突き続ける肉棒も、完全に根元まで痺れきっていた。

少しでも気を抜けば、すぐに射精してしまいそうになるのを堪えながら、恭太はピストンし続けていた。

「ああん、ああ、いつでも好きなときに出して、ああ、今日は平気な日だから」

巨乳をユサユサと揺らしながら、由美子は蕩けた瞳で恭太を見つめてきた。

その小さめの唇には微笑みが浮かんでいる。彼女のほどよく脂肪のついた身体に、汗が流れていく。

艶々と輝く白くしっとりとした肌。恭太は夢中になって、こちらも汗に濡れている巨乳に吸いついた。

「あ、あああ、恭太くん、ああ、あああああん、両方されたら、ああん」

対面座位で跨がった恭太の頭を両腕で抱きながら、由美子も快感の喘ぎを激しくしていった。

小ぶりな唇も大きく割れ、白い歯と舌が覗く。そして彼女のさらなる燃えあがりを示すように、媚肉も強く肉棒を締めつけてきた。

「んんん、んんんく、んんんん」

色素の薄い乳頭部に強く吸いつきながら、恭太は本能のままに怒張を突きあげる。

自分の膝に乗っているたっぷりと肉が乗った桃尻を両手で摑み、力が逃げないようにしながら、膣奥に亀頭を打ち込んだ。

「あああん、ああ、だめ、もう、あああ、イクわ、ああ、イッちゃう」

限界を口にした美熟女は、恭太の腰にねっとりとした質感の両脚を絡ませてきた。

そんな彼女を一気に追いあげるべく、恭太は力の限りにピストンした。

「あああ、イクうううううううう」

完全に牝の顔となり、由美子は最後の悲鳴をワンルームの部屋に響かせた。

彼女がのけぞった勢いで、乳首が恭太の口からこぼれ落ち、巨乳が千切れそうなくらいに弾んだ。

「あああ、あああああん、ああ、すごい、ああ」

白い身体のすべてをビクンビクンと痙攣させながら、由美子は悦楽にその癒やし系の顔を歪めている。

そして恭太の腰に回した両脚にギュッと力を込めてくるのだ。

「うう、僕もイキます、くう、ううう」

腰を締めあげられるのを合図に、恭太も射精を開始する。肉厚の包み込むような媚肉の最奥に向かい、なんども怒張を脈打たせた。

「ああ、ああん、恭太くんの、あん、来てる、ああん」

想像も出来なかった、快感に蕩けきった顔を見せる癒やし系の美熟女は、自ら腰を前後に動かして、恭太の肉棒をさらに貪ってくるのだ。

「うう、これ、あうっ、まだ出る」

射精している肉棒を、濡れた媚肉が強く擦りあげる。いつもとは異質の快感に戸惑いながらも、恭太は搾り取られるように射精を繰り返すのだった。

第五章　玄関で淫らプレイ

警察に逮捕された由美子の夫・幸雄が、しばらくするとまた出てきてつきまとうのではないかという不安があったが、それは幸雄の実家に連絡がいったことですべて解決した。

地方に住んでいるという幸雄の父親と実兄が現れ、実家のほうに連れ戻して管理すると申し出たのだ。

その父親というのも柔道をしていて、恭太の父とは歳こそ離れているが、同じ大学の先輩後輩だった。それもあり信じて任せようという話になった。

由美子と幸雄の離婚届も出され、ケジメはつけたということで、不法侵入の被害届も取り下げたのだった。

「あー、疲れた」

恭太のほうは、かつて自分を慈しんでくれた、熟女看護師の媚肉に溺れた感触が、数日経っても消えなかった。

部屋にいると、なんどもその余韻を思い出してオナニーをしてしまうので、少しは発散しようと、恭太は大学の友人の誘いで単発のアルバイトに行ったのだった。

野外のコンサート会場の設営のアルバイトは、暑い中での力仕事だったが、悶々としていた気持ちが少しはましになった。

自宅近くの駅の改札を出て恭太は、一日、汗をかいた心地よい疲れに背伸びした。

「あ、飯島さん」

帰りは夕方になり、駅から自宅に向かおうとしていると、なんと玲那に偶然、遭遇した。

「あ、達山さんの息子さん、こんばんは」

赤い夕陽に照らされた駅前のロータリーで、地味目なパンツにブラウスという服装でも一際目立つ美女は、丁寧に頭を下げてくれた。

「恭太でいいですよ、いま帰りですか」

「はい、ちょっと夕飯はずぼらしてお惣菜を買ったので」

N病院から寮に帰る道だと駅前を通ることはないが、買い物をするときは回り道をしなくてはならない。

玲那は照れくさそうにはにかんでいるが、ずぼらをしていなかったら、こうして偶然会うこともなかったはずだ。

（可愛い……やっぱり）

笑うと細くなる切れ長の瞳。そして少し大きめの唇から覗く白い歯と、頬に浮かんだえくぼ。

普段はクールな感じなのに、笑顔になると愛らしい玲那に、恭太はただ見とれるばかりだ。

「今日は大学の帰り？」

その笑顔が夕焼けに照らされているから、またよけいに美しさを増しているように思える。

すべてが恭太の好みを具現化したような玲那と、共に道を歩いているというだけで心が熱くなった。

「い、いえ、今日は単発のバイトです」

「そういえば大学の単位をちゃんと取ってるから、時間があるってお母さんが言ってたわね。それって三年生まですごく真面目に通ってたってことでしょ、偉いよね」

並んで歩きながら、玲那はまた笑顔を見せた。

「い、いや、別になにも偉くはないですよ。看護師をしながら寮長までしている飯島さんのほうがもっと偉いですよ」

「そんな、私なんて……普通だよ」

彼女に褒められるとにかく照れる。頬が火照《ほて》って顔が赤くなっている感覚があるが、それを夕陽がごまかしてくれている。

なんだかそこからは、お互いに照れ合ったような感じになり、会話もないまま女子寮の前までついてしまった。

「あ、あの恭太くん」

このまま別れるのを残念に思っていると、寮の入口に向かおうとした玲那が突然、こちらを振り返った。

「この前、覗きだって疑ったお詫びに、ご飯奢《おご》らせて」

よく見たら、彼女も頬が赤いように見える。二十七歳になると聞いているが、なんだか純真な雰囲気まで感じさせた。

「え、そんないいですよ、お詫びなんて。気にしてませんから」

「ううん、お願い。じゃないと私が辛いの」

両手を自分の顔の前で合わせて、玲那は頼み込んできた。

そういえば由衣が、玲那は超がつくくらいの真面目で堅物だと話していた。犯罪者だと恭太を疑った埋め合わせをしなければ、自分が許せないのかもしれない。

「わかりました。でも高いお店とかやめてくださいね」

ここまで言われているのに断るのも失礼だと、恭太は頷いた。

まあ正直、玲那とふたりで食事なら、恭太のほうからお願いしたいくらいだ。

「ありがとう、じゃあ連絡先を交換してくれる？」

玲那はまた照れたような笑みを浮かべて、スマホを取り出した。


数日後、玲那とふたりきりの食事会は、恭太の希望もあって駅前の居酒屋にしてもらった。

個人経営のそこは料金はリーズナブルだが、肴《つまみ》が美味《おい》しく、ふたりともついつい飲みすぎてしまった。

「あー、暑い、たくさん飲んじゃった」

今日は清楚な感じのする白のふんわりとしたロングスカートに、グリーンのブラウス。ブラウスもスカートも緩めな感じだが、スタイルの良さは隠せていない。

玲那は少々足元がおぼつかない感じで、寮への夜道を歩いている。恭太はその少しうしろからついていっていた。

「ごめんね、なんか私の愚痴大会になっちゃって。今日はお詫びのつもりだったのに」

ピンク色に上気した顔をうしろの恭太に向けて、玲那は言った。酔っているせいか、切れ長の瞳がちょっと潤んでいる。

上目遣いで見つめられ、恭太はドキリとしてしまった。

「大丈夫ですよ、僕でよければなんでも聞きます、はい」

心臓が高鳴っているのはいまだけではない。居酒屋にいるときから、いや駅前の待ち合わせ場所に来た玲那を見たときから、鼓動が速い。

もともと酒に弱いほうではない恭太だが、今日はどれだけ飲んでも酔いが回ってこなかった。

「あはは、ありがとうね、じゃあまた愚痴っちゃおうかな」

今日は最初は照れもあったふたりだったが、酔いが回ってくると、玲那はいつもからは考えられないくらいに明るくなった。

ただそのあとは、病院での仕事や人間関係など、ずいぶんと毒を吐いていた。

恭太はいつもの真面目な彼女とは違う姿を見られて、なんだか嬉しかった。

「ええ、いつでも」

「ふふ、じゃあまたこんどね、私、仕事以外は暇でいつも寮にいるからねー、彼氏もいないし」

おかげで堅物寮長なんて変なあだ名までつけられるし、と玲那はまた愚痴っぽくなった。

「いやー、モテるでしょ、玲那さんなら」

きっと由衣がそのあだ名を考えたような気がする。ただ玲那なら暇だと感じないくらいデートに誘われそうだが。

「彼なんかいないよー、独身、男なしでもうすぐおばさんになりますよ、あはは、きゃっ」

モテないはずはないと思うのだが、自虐的にそんなことを言った玲那が、道路の段差に躓《つまず》いて転びそうになった。

「危ないっ、玲那さん」

恭太は慌てて、彼女の身体を転ばないように抱き寄せた。

「ご、ごめんなさい」

触れると驚くほど細身の彼女の身体が腕の中にある。恭太は一気に心臓が早鐘を叩き、息が苦しくなる。

玲那もまた顔を赤くして、下を向いている。

「僕のほうこそすみません。下の名前で呼んでしまって」

とっさとはいえ、恭太はまた玲那と呼んでしまった。今日は飲んでいる最中もずっと飯島さんで通していたというのに。

「そんなの……玲那って呼んでくれていいよ」

酔いのせいなのか、それとも照れているのか。耳まで赤くしたまま、目を背けている玲那は、そっと恭太の腕に自分の腕を回してきた。

「は、はい……」

そのままふたりは再び夜道を歩いていく。薄着の季節だから、玲那の体温も腕越しに感じられた。

（あたってる……）

そして腕を組むとどうしても彼女の豊満な胸に触れてしまう。身体はこんなに細いのに、あまりに豊満な乳房が恭太の腕でぐにゃりと潰れていた。

「恭太くん、私ね、以前に付き合ってた人とすごく辛いことがあって別れて……それから長い間誰とも付き合ってないの」

玲那は前を向いたまま、ボソボソとそんなことを口にした。なにが辛かったのか聞く勇気はない。

そしてどうして、そんな話を恭太にしたのかもわからなかった。

「そうですか……」

若い恭太にはどう声をかけていいのかわからず、黙ったまま寮に向かって歩いていく。

ただ恭太のほうから、彼女の手を握ってみた。玲那もなにも言わずに握り返してきて、肌の温もりを感じながら歩き続けた。

玲那との関係はなんとも微妙な感じだ。また来月にでもご飯をと約束したが、それ以外はスマホでのメッセージのやりとりもない。

あんな美人で優しい看護師と、年下のニートのような大学生ではつり合いがとれるはずもないと思う。

彼女を愛おしく思う気持ちと、自分などふさわしくないというネガティブな思い。

ふたつが交錯し、恭太はまた悶々と過ごしていた。

『覗き魔くん、今日は美咲子先生のお部屋に集合ね』

そんな思いでいる恭太のところに、由衣からメッセージが来た。疑いが晴れたのはもちろん彼女も知っているが、由美子の夫を最初に発見したのが恭太だと聞いて、ずっと寮のほうを覗いていたのだろうと推察し、覗き魔というあだ名をつけられた。

「由衣ちゃんって、けっこうお料理上手なのね、ん、んんっ」

もともとワンルームのマンションだった寮の部屋のキッチンは狭い。

狭いというか、玄関をあがって部屋までの廊下の横に、流し台やコンロがついているという構造だ。

「え、そうですか、あ、やあん、だめよ、恭太くん」

そこに、由衣と美咲子が並んで料理をしている。

仲よさげに会話をしていているふたりだが、時折、切なそうに腰をくねらせて喘いでいた。

「お料理中なのに、あ、あああん、だめよ、ああ」

ふたりとも恭太のリクエストで、全裸のうえからエプロンをつけている。

そしてキッチンに向かい野菜の皮を剝いているのだが、恭太はその並んだ桃尻のうしろにしゃがみ込み、ふたりの股間を両手で同時に刺激していた。

「あ、ああん、もう、包丁とか使えないじゃん、あ、あああ」

無言のまま彼女たちの股間を指責めする恭太に対し、由衣が文句を言ってくるが、すぐにその言葉は喘ぎ声に飲み込まれた。

恭太の左手の指が彼女のクリトリスを捉え、こねるように嬲《なぶ》っていた。

「あ、ああん、いやあん、ああ、恭太くん、ああ、そこだめ、ああ」

もちろん右手のほうも動き続けている。美咲子の膣口の中ほどまで指を入れ、膣肉をこね回していた。

「ああん、ああ、恭太くん、ああ、クリをそんな風に、ああん」

「美咲子、の、そこだめ、あああ、だめに、なる」

恭太はただひたすらに裸エプロンで尻を揺らす、ふたりの美女を責め続けていた。

マゾの女医と、男性も女性も愛せる女看護師。淫気をまき散らすふたりを目の前にしていると、ためらう気持ちなどどこかにいってしまう。

玲那のことで悶々としていた気持ちも忘れ、いまは牝たちを狂わせることに集中していた。

「ああ、あああん、ああ、だめ、あああ、由衣、イッちゃう」

気持ちが入っている分、恭太の指は執拗だ。クリトリスを高速で弾かれ続けた由衣が白い脚を内股気味にしながら、限界を口にした。

「あああん、美咲子は、ああん、出ちゃう、ああ、だめ、ここで出しちゃう」

美咲子の膣内にある指は、彼女のＧスポットをずっと責めている。

Ｇスポット責めで絶頂に達した先にある反応を知覚したのか、美咲子は裸エプロンの背中をねじってうしろに訴えてきた。

「このままイッてくださいふたりとも。恥ずかしい醜態を僕に見せるんだ」

ここでようやく恭太は言葉を発し、両手の動きを激しくしていった。

由衣の肉芽を指先で摘まみ、上下にしごきあげる。そして美咲子のほうは膣壁を激しく指で擦り続けた。

「あああ、イク、由衣、イク、イクっ」

短い悲鳴をあげた由衣は、裸エプロンの身体をビクビクと痙攣させた。

ショートボブの頭がうしろに落ち、大きな瞳は蕩けたまま天井を見ている。

「ひいいっ、イク、美咲子もイク、ああ、イクうううう」

こちらは雄叫びのような声をあげた美咲子は、顔をうしろにいる恭太のほうに向けたまま、絶頂に達した。

それと同時に、男の指を飲み込んだ膣口のうえにある尿道口から、ピュッと透明の液体が噴き出した。

「ああ、美咲子、こんな場所で、ああん、いやあ、でも止まらない、ああん」

ムチムチとした両脚を少しがに股に開いた美人女医は、発作に白い身体を震わせるたびに、熱い潮《しお》を床にまき散らしている。

その間もずっと快感に歪んだ顔を恭太に向けたままで、まるでもっと見て欲しいと訴えているように思えた。

「ああ、ああん、もう無理、あああ」

「ああ、美咲子も、立っていられない」

由衣も美咲子もヘナヘナと崩れるように廊下に膝をついた。美咲子の身体の下には大きな水たまりまで広がっていた。

「さあふたりとも、こんどはここに並んで四つん這いになるんです」

由衣と美咲子のエプロンの紐を解きながら、恭太は足元の廊下の床を指差した。

美咲子が吹き出した潮だまりを避けたので、ほとんど玄関に近い場所だ。

「ああ、どうしたの今日は……すごく強引」

サディスティックに責めてくる恭太に、由衣は多少戸惑っているように見えるが、素直に廊下に四つん這いになった。

ただそう言いながらも、由衣は恭太の命令に従うことに、どこか酔いしれているように見えた。

「ああ……こ、こう？」

その由衣の隣に美咲子も同じポーズを取った。完全なマゾのこちらは、強引にされるのを悦《よろこ》んでいる。

ふたつの白い身体が四つん這いで横並びになる。ワンルームの廊下は狭いので、そうなると身体同士がかなり密着している。

「いやらしいお尻が並んでますよ」

濡れたピンクの秘裂どころか、アナルまで剝きだしにして、桃尻を並べた美女ふたり。壮観な光景を見下ろしながら、恭太もうしろに膝をつく。

そして由衣のプリプリとした桃尻と、美咲子の熟れた巨尻を同時に手で撫でた。

「ああ、恭太くん、ああ……」

「んん、あ……」

それだけで由衣も美咲子も犬のポーズになった身体をよじらせ反応する。

廊下の横幅が狭いので、肩や腰がなんどもぶつかっていた。

「さあ、どちらからいきますか。よく濡れているほうからにしますか」

薄ピンクの裂け目は両者ともに愛液にまみれているが、美咲子のほうが潮を吹いた分、大量の粘液に溢れていた。

恭太は自分のハーフパンツとトランクスを膝までずらすと、ふたりの色香にあてられてすでに勃起していた怒張を、美咲子の膣口に押し込んだ。

「あ、あああああん、恭太くん、ああ、はあああん」

硬化した亀頭が媚肉を拡張すると同時に、美咲子は淫らな絶叫を響かせて、四つん這いの背中をのけぞらせた。

甘い声が玄関先に響き、外廊下まで聞こえているのではないかと心配になるが、恭太もまた欲望に取り憑《つ》かれていて、ブレーキなど利かない。

そのまま女医の豊満に熟した尻たぶに向けて、腰を叩きつけていった。

「ああ、あああん、ああ、深い、ああああん、ああ、すごい」

濡れた膣奥に怒張を受け止めると同時に、美咲子はさらによがり声を激しくした。

Gカップの巨乳を身体の下でブルブルと揺らしながら、白い肌を朱色に染めて快感に溺れていっている。

「ああん、由衣は？　ああん、ひどい恭太くん」

肩がぶつかる距離にいる美咲子が肉棒に喘いでいる姿を見て、由衣が切なそうに訴えてきた。

「由衣さんはこっちです」

隣にある由衣の尻たぶを軽く撫でたあと、恭太は指を彼女の膣口に押し込んだ。

ねっとりとした愛液にまみれた媚肉を、二本の指で責めたてていく。

「ああ、あああん、私もおチンチンがいいよう、ああ、ひあっ、そこっ」

ぐずるように声をあげた由衣だったが、膣内にあるポイントを恭太の指が捉えた瞬間、甲高い悲鳴をあげてのけぞった。

そこは由衣のGスポットだ。二本指の腹でその部分を集中的に擦っていく。

「あああ、ひいいん、ああ、だめ、あああん、ああ」

由衣はけっこうGスポットが弱いことに、彼女となんども身体を重ねる中で気づいていた。

小刻みに指を動かし、そのポイントだけを責め続けた。

「はああん、ああ、あ、奥、ああ、美咲子、だめ、あああん」

肉棒のピストンも休んでいない。美咲子はどんどん意識を蕩けさせ、厚めの唇の間から激しいよがり泣きをあげている。

恭太の腰が勢いよく彼女の桃尻に叩きつけられ、パンパンと乾いた音があがった。

「そんなに大きな声を出したら、廊下まで聞こえますよ」

手を伸ばせば届きそうな距離にドアがあるので、誰かが通りかかったらふたりのよがり泣きに気がつくかもしれない。

それをわざわざ恭太が口にしたのは、もちろん女医の被虐の性感を煽るためだ。

「あああ、そんな、あああん、いやあ、ああ、許して、ああ」

美咲子は四つん這いで前に向けている頭を、激しく横に振って泣き声をあげる。

ただ元から吸いつきのいい彼女の媚肉は、ウネウネとした動きまで見せている。聞かれているかもしれないというスリルが、彼女の性感をさらに高めていく。

「そうですね、玄関でセックスしてる変態女医だって、病院で評判になりますよ」

「あああ、いやあ、それだけは、ああん、あああ」

あくまで空想上の話でも、美咲子はさらにマゾの炎を燃やし、悲鳴と共に快感に溺れていく。

犬のポーズをとったグラマラスな身体はずっと小刻みに震え、桃尻や背中はもう真っ赤に染まっていた。

「そんなにいやなら、かわりに由衣さんに入れましょうか？」

熟れた感じのする尻たぶを軽く平手打ちして、恭太はわざと冷たく言い放った。

狭い廊下にパチンという音が響き、豊満な尻肉が波を打つ。

「いや、それはだめ、あああん、お預けされたら、ああん、私、死んじゃう」

涙に濡れた切れ長の瞳を恭太のほうに向けて、美咲子は懸命に訴えている。

ここで快感が途切れたら、ほんとうにおかしくなってしまうと、本気で思っている。

「仕方ないですね、じゃあ、気持ちいいなら素直にそう言ってください。外に聞こえるくらいの大きな声でね」

美人女医をここまで追い込んでいると思うと、恭太もゾクゾクするほど燃えてくる。

片手でヒップを鷲づかみにし、腰を高速でピストンさせて叩きつける。

「はああん、気持ちいい、あああん、美咲子、恭太くんの大きなおチンチンで突かれて幸せなのう、あああ、恥ずかしいけど、声が止まらないのう」

もうすべてを捨てたように、女医はドアに向かって叫んでいる。

マゾの昂《たかぶ》りも頂点に達しているのか、濡れた媚肉がさらに強く恭太のモノを食い絞めてきた。

「由衣さんももっと」

由衣の膣を責めている指も休んではいない。Ｇスポットの場所を二本指でこれでもかと擦り続ける。

膣奥からねっとりとした愛液がどんどん溢れてきていて、クチュクチュと淫らな音があがっていた。

「あああん、ああ、由衣、あああん、もうだめになる、ああ、出ちゃう」

意外にも由衣のほうが先に限界を口にした。小柄な身体の下で、たわわに盛りあがった巨乳を揺らしながら、桃尻をくねらせる。

四つん這いで床についている両手の爪を立てるようにしながら、美咲子に負けない悲鳴をあげた。

「出してください、次は由衣さんが床に潮をぶちまけるんだ。美咲子先生にちゃんと見てもらえ」

サディスティックな思いをさらに燃やし、恭太はそう叫んで両手の指と肉棒を同時にピストンさせた。

「ああ、美咲子先生、ああ」

狭い廊下で肩を寄せ合うふたりは蕩けた瞳で見つめ合う。そして由衣は美咲子の名を呼びながら、唇を寄せていった。

「由衣ちゃん、あ、あ、んんんんん」

美咲子もそれに応えて、由衣の唇を求め、激しく舌まで貪り始める。

同じ内科で働く美人女医と美人看護師が、膣口に肉棒や指を受け入れて肉体を燃やしながら、ディープなキスをしている。

異常なくらい淫靡な光景に、恭太もまた取り込まれていくのだ。

「一緒にイッてください、おおおお」

恭太も気合いを込めて、一気に腰の動きを加速させ、指を由衣の膣壁に突き立てた。

「んんん、ぷはっ、ああ、イク、由衣、イクうううう」

唇が離れるのと同時に、由衣は四つん這いの背中をのけぞらせて、絶頂にのぼりつめた。

恭太の指を飲み込んだ秘裂から、透明の液体が凄まじい勢いで飛び出した。

「あああ、美咲子もイキます、美咲子、おチンチンでイクうううう」

美咲子のほうはドアのほうを意識しながら、雄叫びのような声をあげて、頭を下に落とし、犬のポーズの身体を引き攣らせた。

いまにも崩れ落ちそうな感じで、ビクビクと床についた手脚を痙攣させている。

「うう、俺もイク」

恭太のほうも美咲子の奥に怒張を突き立てて、精液を発射する。

濡れた粘膜に亀頭を擦りつけながら、快感に腰を激しく震わせた。

「あああ、恭太くんの精子が、あああん、美咲子の子宮に来てるわ、ああ、熱い」

美咲子は恍惚《こうこつ》とした声をあげながら、白い身体をなんども引き攣らせる。

「はあああん、由衣、ああ、また出ちゃう、ああ、ああ、出る」

由衣のほうも断続的に潮を噴出している。四つん這いの小柄な身体がよじれるたびに、うしろに向かって潮が飛び出していく。

発射の勢いが強すぎて、床にぶつかる音があがっていた。

「うう、俺も、くう、まだ出る」

恭太のほうも射精に勢いがついてしまい、なんども美咲子の濡れた最奥に精をぶちまけていた。

吸いつきのいい媚肉が強く食い絞めていて、まるで搾り取られるように、強烈な快感と共に射精の発作が繰り返された。

「あああ、あああ、美咲子、あああ、ああ、だめ……もう」

もう瞳も虚《うつ》ろになっている美咲子が廊下に崩れ落ちていく。

「ああ、私も……だめ……」

潮を吹き尽くした由衣も、そのまま廊下に身を投げ出す。

恭太の指も肉棒も彼女たちの中から抜け落ちる。ふたりの美女は手を握り合ったまま うっとりとした顔で身を寄せるように横たわっていた。

「はあはあ、はあ」

上半身はTシャツを着たままの恭太は、息を荒くして、満足げに瞳を閉じている由衣と美咲子を見下ろしていた。

美しいFカップとGカップの乳房が、彼女たちが息をするたびに、フルフルと小さく揺れていた。

(ほんとうに外まで聞こえたんじゃないかな……はっ)

自分で彼女たちをこの玄関まで連れてきておいて、恭太はいまさらながらに不安になってきた。

顔をあげてドアを見たとき、そのドアが少し開いていることに気がついた。

「ええっ」

最初にふたりを四つん這いにさせたときに、ドアが開いてないかどうかは確認した。施錠がされているかまでは見なかったが、開いてはいなかったはずだ。

もしかして誰かが覗いているのか、恭太は慌てて立ちあがり、トランクスやハーフパンツをあげて駆けだした。

「ええつ、れ、玲那さん」

ドアを開いた瞬間、そこに立っていたのは玲那だった。部屋着とおぼしきTシャツ姿の彼女は口を手で押さえたまま絶句している。

恭太も驚きのあまり声も出ない。なぜ玲那がここにいるのか。

「ご、ごめんなさい、私……私……」

玲那は言葉にならない感じであとずさりしたあと、背中を向けて走り出した。

「れっ、玲那さん」

追いかけようとしたが、恭太はなぜか脚が動かない。追いかけてもどうにもならないという思いが脚の動きを止めていた。

もうすべてが終わった。その思いだけを抱きながら、恭太は呆然と誰もいなくなった外廊下を見つめていた。

第六章　あこがれ美女の秘密

あの日、いちばん最後に美咲子の部屋に入ってきたのは由衣だった。そして、「ごめん部屋の鍵《かぎ》、かけ忘れちゃった」とお茶目に謝られた。

もう恭太は怒る気持ちにすらなれなかった。せっかく距離が縮まった玲那との関係も、夢のように感じる。

ただなぜか、彼女のほうから、寮に侵入していたことに対する苦情はない。両親の態度も普段と同じだ。

スマホのメッセージも毎日チェックしているが、もちろん音沙汰はない。

恭太のほうから連絡するわけにもいかず、ただ呆然と、玲那が自分の前からいなくなったという寂しさに打ちひしがれる日々を送っていた。

「今日も偶然……そんなわけないか……」

駅を降りると、前に玲那と会ったときと同じように、夕陽が街を照らしていた。

ただ彼女がそこにいるはずもなく。いまはやけに寂しく感じる夕陽の中を、恭太はとぼとぼと歩いて自宅にまで帰ってきた。

「おかえりなさーい」

自宅の玄関をあがって中に入ると、母とは違う声が聞こえてきて、キッチンのほうから女性が出て来た。

「え、ええっ、由美子さん」

現れたのは、エプロンを着けた由美子だ。今日も垂れ目の大きな瞳が色っぽいが、なぜ家に彼女がいるのか。

恭太は驚きのあまり、廊下に尻もちをついてしまった。

「なにしてんの、恭太。そんなお化けでも出たみたいに」

由美子のうしろから姿を見せた母が、廊下にへたり込んでいる息子に、目を丸くしている。

恭太が腰を抜かしたのは、自分と肉体関係がある女性がいきなり家から出て来たのが理由だが、母はそんな事情は知らない。

「やだ、おばさんだから、お化けに見えたのかな」

由美子は笑顔のまま、いたずらっぽく笑っている。おそらく彼女は恭太が大げさに見えるくらいに驚いた理由もわかっているのだろう。

「い、いや、ちょっとびっくりしただけです。でもなんで由美子さんが……」

立ちあがりながら恭太はごまかすように言った。なんにしても、どうして由美子が恭太の家にいるのか。

「そこのスーパーで由美子さんに偶然会ってさ、同じような煮物を作るって聞いたから、それならうちで一緒に作らないかって誘ったのよ」

母は恭太に説明すると、コンロのほうが気になるのか、キッチンの奥のほうへと入っていった。

「お母さん、料理がお上手だからいろいろ教えてもらっちゃった」

由美子はにっこりと笑ってそう言うと、そっと恭太の指を手のひらで握ってきた。白く柔らかい手のひらに指が包まれる。しっとりとした肌は温かい。

「そ、そうですか、それはよかったですね」

いくら母から見えないとはいえ、由美子の大胆な行動に恭太は焦りまくる。手なんか繋いでいるのを見られたら、大騒ぎになってしまいそうだ。

「恭太、私、このおかず持ってお祖父《じい》ちゃんのところに泊まりに行ってくるから、ひとりで食べられるよね」

キッチンから母の声が突然聞こえきて、由美子が握っていた手を離した。

「う、うん、大丈夫」

まだ胸がドキドキしている恭太は、声がうわずってしまっていた。

母方の祖父母は近所に住んでいて、元気だが高齢のため、母がたまに泊まりに行ったりしている。

父も昨日から出張で地方に行っているので、今夜は恭太ひとりだ。

「あ、それなら私が恭太くんのご飯の用意をしますよ」

母のほうを振り返り、由美子がいつもの優しい声で言った。

今日の彼女は膝丈のスカートに、うえはカットソー。恭太に背を向けると、ヒップの盛りあがりがすごい。

この母性溢れる熟女看護師のよがり顔を思い出し、恭太は息を荒くした。

「いいのよ。こんなの、なにを食べても同じだから、放っておけばいいの」

「あはは、それはひどいですよ」

母の言葉に笑いながら、由美子は出来たおかずをタッパーに入れるのを手伝っている。まるで義母と嫁が並んで調理しているように見えた。

(俺も結婚したら……こんな風に奥さんと母さんが並んで料理したりするのかな)

ふとそんな思いに恭太は囚《とら》われた。そして、母の隣に立つのが玲那ならと考えてしまい、また寂しくなるのだ。


リビングのほうにある食卓に、母と由美子が作った料理が並んでいた。

その中の一品は、由美子が母に教えながら作ったらしい。

「恭太くん、なにかあったでしょ」

ソファーに座って待っていてくれと言われ、素直に従って座っていると、皿を並べ終えた由美子が隣に来た。

カットソーの胸元を大きく膨らませる乳房を揺らしながら、恭太のほうを心配そうに覗き込んでくる。

「えっ、どうしてですか？」

確かにここのところ、気分はずっと落ち込んだままだ。だがなぜそれを由美子が知っているのか。もちろん母にも話した覚えはない。

「顔見てたらわかるよ」

由美子はそう言うと、恭太の頭に腕を回して抱き寄せてきた。

ソファーで隣に座った美熟女の、大きく膨らんだ胸に恭太は顔を埋めた。

「そんな……なんでもないです」

ただあの日にあった出来事を話すわけにいかず、恭太はカットソー越しでも柔らかいHカップの胸に溺れながら言った。

「嘘おっしゃい。ちゃんと素直に言って」

由美子はそんな恭太の頭を起こすと、両手で頬を横に引っ張ってきた。

さっきまで笑顔だったのに、由美子の瞳は寂しそうに見えた。

「ふ、ふあい、言いまふ」

頬を左右に向かって伸ばされているので、まともにしゃべれない。ただ恭太は素直に話すことにした。

頬の痛みよりも、いつも優しい由美子にこんな悲しい顔をさせているのが辛く、もう隠していられないと思ったのだった。

「実は……」

由衣、そして美咲子とも肉体関係があること。玄関先で変態的なセックスとしていたときに、玲那に見られてしまったこと。

そして玲那とは身体の関係はないが、デートするような仲になっていたことを、素直に全部話した。

「恭太くん、いったい何股かけてるの？　ここが悪い子なのかな」

恭太の告白を聞いて、由美子は苦笑いをしながら、股間にある愚息を摑んできた。

その何股の中には、当然、由美子も入っているのだが、怒っている風ではない。

肉棒を握る指も優しく、ズボン越しでもなんとも心地よかった。

「でも、いちばん好きなのは玲那ちゃんなのね」

玲那と由美子は同じ整形外科のナースで、仲もいいらしい。だからちゃん付けで呼んでいるようだ。

「ど、どうして」

「わかるわよ、だって玲那ちゃんと付き合ってたわけでもないんでしょ。なのにそんなに落ち込むのは本気だっていう証しじゃない」

年齢を重ねているだけあって、恭太の考えなどこの美熟女はお見通しのようだ。

「す、すいません」

ごまかしなど通じる相手ではない、恭太は素直に頷くしかなかった。

「私とあんなに激しいエッチしたのに、妬けちゃうわね」

そんな恭太の唇に由美子は軽くキスをしてきた。そしてもう一度、恭太のほっぺたを引っ張ったあと、スマホを取り出した。

「玲那ちゃんも、恭太くんは年下なのになんだかいろいろ相談してしまうって、楽しそうに言ってたから、脈がないわけじゃなかったと思うんだけどね」

「えっ、ほんとですか？」

脈があると言われて恭太は色めきだつ。

「でも最近はあの子とシフトが逆であまり顔を合わせないのよね。その3Pを見られたっていう日の前から会っていないかも」

由美子は今日は休みだが、最近は夜勤で、玲那は逆に日勤なので会話はしていないと言われ、恭太はがっくりと頭を落とした。

「ふふ、そんなにヘコまないで。ちょっと連絡してあげるわ」

あがったり下がったりの恭太を見て、玲那はクスクスと笑いながら、自分のスマホを操作した。

そして画面を恭太に見せてくる。そこには、

『恭太くんのお家の庭に来て。塀を越えてきたら早いよ』

と書かれていた。

「ええっ、なにをするつもりですか？」

もう日が落ちた夜の庭に、それも塀を越えて来いとはどういうことなのか。

驚きに目を丸くして大声を出した恭太の手を、由美子は握ってひっぱりあげた。

「さあ、行くわよ」

「あっ、ちょっと由美子さん」

そのまま強引に恭太の腕を引いて玄関から庭に出て行く。

夜の庭は静まりかえっているが、寮の外廊下からの光でほんのりと明るかった。

「いったいどうしたんですか？　由美子さん。あ……恭太くん」

いきなり庭に来いなどと言われたら、なにごとかと思うのも当然で、恭太の家と寮の間の塀の向こうから、玲那は顔だけを出した。

いぶかしげな感じだったが、恭太もいるのに気がついてびっくりしている。

「いいから、早くこっちに来て、早く」

由美子は事情も説明せず、早く早くと急かしだす。玲那のほうは明らかに狼狽《うろた》えている様子だが、由美子がなんども言うので、周りを確認し始めた。

いつも厳しく注意している寮長が、塀を乗り越えて隣家に行くようなまねは出来ないと思うのは当然だ。

ただ由美子の勢いに押されたのか、仕方なしに塀をのぼり始めた。

「わ、私、運動神経が悪いから」

日勤の仕事から戻ってきてそのままなのか、玲那はロングのスカートにブラウス姿だ。

確かに運動は苦手そうな感じで、塀のうえに立ったはいいが、やけにフラフラとしている。

「あ、だめ、きゃあああああ」

もういつバランスを崩すかとハラハラして見あげていると、恭太の家の庭のほうに向かって倒れてきた。

飛んで着地という感じではなく、前のめりに落ちてくる。

「危ない」

恭太は前に飛び込むようにして、玲那の身体を支えようとする。ただ落下の勢いが強くて、恭太も一緒にうしろにひっくり返った。

「ぐっ」

玲那の身体を抱きかかえたまま、背中から庭の土のうえに転倒し、恭太はこもった声をあげた。

彼女の細身の身体が恭太のうえに乗ってくる。

(身体は細いのに、大きくて柔らかい……)

背中は痛いが、それを忘れるくらい、玲那の巨乳の感触に恭太は浸っていた。ブラウス越しでもはっきりとわかるくらいの柔らかさ。背中の痛みがなければきっとにやけていたかもしれない。

「きょ、恭太くん、大丈夫、ねえ」

玲那は身体を起こし、庭に転がった恭太の腰のうえに跨がる体勢になっている。そして涙を浮かべながら、恭太のことを懸命に心配してくるのだ。

「へ、平気です。玲那さん軽いから、ぜんぜん大丈夫」

この体勢もなんだか騎乗位をしているような感じだ。しかも恭太の腰に跨がっているので、ロングのスカートが捲れ、彼女の細い脚の太腿まで露わになっている。

夜の庭に寝そべりながら、恭太は天国にでもいるような思いだった。

「あれ、由美子さんは」

「ほんとだ、いない」

悦んでいる恭太を見て、きっと由美子は呆れているだろうと思ったとき、彼女の姿が消えていることに恭太は気がついた。

玲那もキョロキョロとしているが、どこにも見当たらない。

「えっ」

そのとき、玲那が自分のスマホを取り出した。

「ねえ、恭太くん、これ見て……」

玲那はスマホの画面を恭太に見せてきた。そこには由美子からのメッセージが表示されていた。

『晩ご飯はふたりで仲良く食べてね。お姉さんからのお願い』

と書かれていて、ハートマークまであった。


母と由美子が偶然会って一緒に料理をした事情を説明し、恭太は玲那を自宅に案内した。

外に出る前から由美子が準備していた、料理が並んだ食卓のテーブルを挟み、恭太と玲那は向かい合っていた。

「ほんとに私が食べちゃっていいのかな……」

「いや、まあ由美子さんがそう言ったんですから」

やはりというか、ふたりは会話もぎこちない。それも当たり前で、玄関先で3Pをしているところを目撃されたのだ。

しかも玲那は、堅物と言われるくらいに真面目な女性なのだ。

「あ……あの……恭太くん……この前のこと……謝らなくっちゃって私、ずっと思っていたの」

恭太がビールを飲みますかと聞くと頷いたので、冷蔵庫にあった缶ビールを出した。

二缶目を一気に飲み干した玲那は、視線を背けながら言いにくそうに話し始めた。

「そんな、謝らなくていけないのは僕のほうです。男子禁制の寮に入ってあんなまねをしていたのですから」

そう、悪いのはすべて恭太だ。玲那に恋心を抱きながら、同じ建物の中で、他の女と三人で行為をしていたのだ。

我ながらほんとうに最低だと思う。

「ううん、そんなことはいいの。あのね、私、けっこう長い時間、覗いてしまっていたの」

ドアも開いていたわけではなく、二階の住人の部屋に用事があって帰るときに、喘ぎ声が聞こえてきて、どうしても興味を抑えられずに覗いてしまったと、玲那は言うのだ。

「前に私、彼氏と辛いことがあって別れたって言ったと思うけど、あれってセックスに関することなの……」

ようやく顔をあげた玲那は、少し濡れた瞳を恭太に向けた。酒の酔いなのか、それとも恥じらいなのか、頬はもう真っ赤だ。

「その……相手の人が、自分でも言うくらいのマゾで、私に責めてほしいって言われて……」

女の自分が男性を責めろと言われて戸惑ったと、玲那は言った。そのあと恋人からこういう風にしてほしいとやりかたまで言われたが、どうしてもうまく出来なかったと彼女は告白した。

「そ、そうですか……」

以前の恭太ならよく理解出来なかったかもしれないが、由衣や美咲子と関係を持ったいまならそれは理解出来る。

マゾの美咲子に、とくに女性とするときはドSになるという由衣と同じことをしろと言っても、とうてい無理だと思う。

性癖というのはそれぞれがもっているものだ。もちろんその元恋人は、マゾだというくらいだから、女性にリードしてもらわないと興奮しなかったのだろう。

「私がうまくないから、ギクシャクして別れたのだろうってずっと思ってたの、でも美咲子先生が恭太くんにされているところを見てわかった。私も責められたいタイプなんだって」

　恭太に翻弄されて、四つん這いの身体を震わせてイキ果てる美咲子の姿に、玲那は自分の性癖を自覚したと言うのだ。

「ご、ごめんね、こんな話をして……ああ、恥ずかしい」

　そして耐えきれなくなったのか、玲那は顔を両手で覆った。

　ただなんとなくだが、その身体からは淫気のようなものが漂っている気がした。

「謝らないで玲那さん。僕も玲那さんの気持ちが聞けて嬉しいです」

　恥じらう姿もまた可愛らしい。そして彼女に軽蔑されたと思っていた恭太は、少しだけ気持ちが救われた気がした。

「そう言ってくれると嬉しい……ありがとう恭太くん、ねえ、それもらっていい？」

　玲那は顔から手を離すと、テーブルにある恭太が飲みかけの缶ビールを指差した。

「えっ、いいですけど、新しいのがまだありますよ」

「いいの、これで」

　玲那はイスから立ちあがると、恭太のそばに来て、その缶ビールをまた一気に飲んでしまった。

「ああ、すごく酔ってきちゃった。ねえ恭太くん、もうひとつだけ聞いてもらってもいいかな」

立ったまま、恭太の顔を見下ろし、玲那は湿った吐息を吐いた。

アルコールのせいなのか、それとも他の理由か、切れ長の瞳が妖しげに輝いているように見えた。

「い、いいですよ」

一気に距離がつまり、すぐ目の前に玲那のロングスカートとブラウスの身体がある。なにがこれから起こるのか。恭太は唾《つば》をごくりと飲み込んだ。

「あの日ね、私ね、覗いてたとき……」

ボソボソと玲那は語り始める。恥ずかしげにしているがこんどは目線を背けるような仕草はない。

切れ長の潤んだ瞳はずっと恭太に向けられていて、見つめ合っていると吸い込まれそうだ。

「私……美咲子先生と由衣ちゃんの姿を見て、すごく興奮してたの。とくに最後、由衣ちゃんが……あれ、潮吹きっていうの、たくさん出したところを見て、立っていられなくなって膝をついちゃった」

玲那の告白に、恭太はただ呆然となった。堅物の彼女がそこまで興奮していたのだ。

いままでずっと恭太が抱いていた玲那の姿とはあまりに違う。彼女にもまた他の女たちと同じように淫らな素顔があったのだ。

「あのときは人生で始めてって思うくらい身体が熱かったわ。ううん、いまもこうして恭太くんに告白しながらすごく興奮してる」

形の整った唇を半開きにした玲那は、震える指でブラウスのボタンを外し始めた。

「れ、玲那さん……」

なにをするつもりか、と問う言葉は出なかった。ぽかんと口を開いたまま、恭太はただ玲那のブラウスの前が開いていくのを見つめていた。

透き通るような白い肌。薄いピンクの生地にレースがあしらわれたブラジャーが姿を見せた。

「いまもね、興奮して乳首が痛いくらい……」

肩からブラウスを滑らせ、床に落とした玲那は、続けてブラジャーのホックも外す。ピンクのブラカップが下に落ち、美しい巨乳がポロリと姿を見せた。

「れ、玲那さん、すごく大きい……」

自分でも間抜けだと思うが、細身の身体に不似合いに膨らんだ巨乳に魅入られてしまい、無意識にそんな言葉を口にしていた。

抱けば折れそうなくらいの上半身に反比例するような乳房は、見事なくらいの丸みを保ち、強い張りを感じさせる。

ただ乳頭部は乳輪がぷっくりとした感じでいやらしく見える。そして彼女の言葉を肯定するかのように先端は硬く勃起していた。

「ああ、そんなに見られたら、恥ずかしいよ」

恥じらっていても、玲那は乳房を隠そうとはせず両手をうしろにもっていき、ロングスカートの腰をくねらせている。

その動きだけで、風船のような張りの巨乳がブルンと弾んだ。

(責めてほしいと望んでいるのかな……)

真っ赤な顔を横に伏せながらも、乳房を隠すことはなく身をよじらせる玲那。

彼女の望みは、さっき自身が口にしていた通り、美咲子のように激しく狂わされたいと思っているのだろうか。

「ほんとうに乳首がギンギンですね」

ただあえてすぐにはその先端に触れず、恭太は顔だけを近づけていく。

近くで見ても、乳房の肌はきめ細かく、静脈が透けていた。

「ああ、いや、ああ……そんな近くで」

目と鼻の先で勃起した乳首を見られ、玲那は羞恥にスカートだけの身体を震わせている。

だがその声は明らかに艶を帯びていっていた。

「見るだけでいいのですか？」

どんどん潤んでくる彼女の瞳を下から見つめながら、はっきりと聞いた。

「ああ……いや……触ってほしい」

また腰の揺れを大きくしながら、玲那は切なく訴えた。もう普段の真面目な彼女は完全に崩壊している。

別人の顔を見せる、清楚な看護師に恭太の興奮も一気に深まり、乳房に手を触れていく。

「あ……」

ここでもまだ乳首は触っていない。巨乳の感触を楽しむようにゆっくりと揉む。

玲那は小さな喘ぎ声をあげると、背中を少しのけぞらせた。

「ほんとに大きいですね、何カップあるのですか」

責められたいと言った彼女の気持ちを煽るべく、わざとそんなことを聞いてみる。

丸みの強いふたつの巨乳は、触ってみると柔らかく、どこまでも指が食い込んでいきそうな感じがした。

「ああ、やあん、Gカップ……」

また恥ずかしそうにしながらも、玲那はあまり戸惑うことなく乳房のサイズと口にした。

そしてどんどん息づかいを激しくしていく。

「細いのに大きいんですね。おや、乳首がすごくヒクついてますよ、触ってほしいのですか？」

身体が細い分、巨乳との落差が大きくサイズ以上に巨大に見える。

その柔乳をじっくりと揉みながら、恭太はずっと勃起したままの乳首に息を吹きかけた。触れてほしいというのはわかっているが、あえて聞いたのは、そのほうが玲那の性感を煽れると思ったからだ。

「あ、ああ、さ、触って、恭太くん、ああ、お願い」

息がかかっただけで、玲那は淫らな声をあげる。そして、もうたまらないと言った風にねだるのだ。

そんな彼女を見て恭太も喉がカラカラになるほど興奮している。

興奮した玲那が喘いで目を閉じた瞬間、それを見逃さずに両乳首を同時に摘まみあげた。

「ひあっ、あああ、はあああああん」

ずっと刺激を待ち望んでいたのだろう、玲那は甲高く激しいよがり声をあげて、全身をビクビクと震わせた。

もうイッてしまったかと思うような強い反応を見せた美人看護師は、その場にヘナヘナとへたり込んだ。

（すごいな……ここまで……）

最初に会ったときのワンピースを着た玲那と、いま上半身裸で、丸い巨乳を晒して荒い呼吸を繰り返す女が、同一人物とは思えない。

その顔を剝きだしにさせているのは、恭太自身だ。そう思うともう部屋着のズボンの中の肉棒がギンギンに昂ぶる。

乳首を責めて終わりではない。玲那もそんなことは望んでいないはずだ。

「僕の部屋のベッドに行きましょう、玲那さん」

そう言って、恭太は玲那の手を摑む。

「うん……」

また少し恥ずかしそうな表情を見せながらも、玲那は恭太の手を握り返してきた。

全身を真っ赤に染めている玲那の手を引き、恭太は二階にある自室にあがった。

「あまりきれいなベッドじゃないですけど」

部屋に入ると玲那のロングスカートを脱がせ、ブラジャーと同じ薄ピンクのパンティだけの姿にさせた。

そして自分もトランクス一枚の格好となり、彼女をベッドに乗せてあげた。

「由衣さんたちと同じポーズをとってみますか？」

ベッドに横座りになった、パンティ一枚の彼女の、かなり細めの脚に触れながら、恭太は言った。

「ああ、そんな……」

部屋に来るまでの間に、恥じらいが加速したのか、ずっと無言だった玲那は、ようやく口を開いて首を横に振った。

「いやですか？　僕は玲那さんの恥ずかしい姿を見たいですけど」

「あん……」

恭太の言葉を聞いて、玲那は濡れた瞳を切なそうに向けてくるが、やがてゆっくりと両手をベッドに置いて四つん這いになった。

黒髪が少し乱れた頭を下に落としながら、ハアハアと荒い呼吸を繰り返している。

（マゾッ気が強いんだな……）

玄関先で責められる美咲子と由衣を見て、立っていられなくなるほど興奮したという彼女も、被虐の性質をもっているように思う。

男に責め抜かれてこそほんとうの快感を得られるタイプ。確かにマゾの男とは合わないだろう。

「玲那さんの全部、見せてもらいます」

いよいよと、恭太は最後の一枚であるピンクのパンティに手をかけた。

「あ……」

玲那のか細い声があがるのと同時に、パンティが形のいい桃尻からぺろりと滑り落ちていった。

プリプリとした質感のヒップは、乳房と同様に色が抜けるように白く、染みなどひとつもない。

身体が細い分、ボリュームはそれほどでもないが、美しい丸みを見せつけていた。

「もうすごく濡れてます」

足先からパンティが抜き取られ、玲那は一糸まとわぬ姿ですべてを恭太に向けて晒している。

桃尻の真ん中に見える、ピンク色をした裂け目は、すでにべっとりと愛液にまみれきっていた。

「ああん、だって……ああ、そんなに見られたら恥ずかしい」

ここでも玲那は切なそうに腰を揺らして、悩ましい声をあげている。

すでに媚肉のほうも高まりきっているのか、ヒクヒクと中の肉がうごめいていた。

「見るなと言われても見ますよ。やっと玲那さんの全部が見られるんだ。それに見るだけじゃない」

濡れた媚肉だけではない。その割れ目の下には、清楚なイメージの彼女には少々不似合いなくらいの濃いめな陰毛、うえにはセピア色のアナルまである。

まさに玲那のすべてを手の内に入れたような思いに囚われながら、恭太は愛液が糸を引くそこに唇を押し当てていった。

「えっ、ああ、恭太くん、ああ、そんな、ああん、あああ」

いきなり舐められて、玲那は赤らんだ顔をこちらに向けて驚いている。

それと同時に犬のポーズの身体がビクンと震えた。

「んんん、んく、んんんん」

玲那の叫びは無視して、恭太はこれでもかと舌を使って舐め回す。

「ああ、はああん、ああ、だめ、あああん、ああ」

膣口からクリトリスへと舌を移動させて、その突起を転がしていくと、玲那の喘ぎはいっそう激しくなった。

もう膣口はずっとヒクヒクと開閉を繰り返している。こんどはそこに向かって指を二本束ねて突き立てた。

「ひっ、ひああ、中、あああん、ああ、だめ、あああん」

少々、勢いがよすぎたかと思ったが、玲那は見事に反応し、うしろに突き出したヒップを揺らしている。

中はもう濡れそぼっていて、男の太い指を貪欲に締めつけてきていた。

（なんか……ざらついてる……）

指を進めていくと、玲那の膣の天井部分。四つん這いのいまは下側にあたる部分の媚肉が、やけにざらざらとしている感覚があった。

粘っこい愛液に濡れたそこに指を擦るだけで心地いい。そこに恭太は指の腹を押しつけるようにしてピストンした。

「あ、ああん、だめ、恭太くん、激しい、ああん、あああ」

スピードがあがった指ピストンに、玲那はひたすらによがり泣いている。

もともと一階にいたときから肉体が昂ぶっていた彼女は、一気に蕩けていく。

「あああ、あああん、そんな風に、あ、ああん」

四つん這いの身体の下で、丸みの強いバストを揺らしながら、玲那は自分の指を白い歯で嚙んでいる。

その赤らんだ顔も一気に色香を増していく。そして恭太はある思いに囚われるのだ。

(ここをコイツで擦ったら……)

そう思いながら、自分の股間を見る。すでにトランクスの中でギンギンの怒張を、このざらついた媚肉に擦りつけたら、どれだけの快感があるのか。

その期待に、さらに怒張を昂ぶらせながら、恭太はトランクスを脱いだ。

「あ……」

トランクスを脱ぐと同時に、玲那の膣口からも指を引きあげる。どうしてやめるのかといった表情で、うしろを見た彼女の視界に屹立《きつりつ》した怒張が入る。

玲那はこもった声をあげたあと、切れ長の美しい瞳を見開いた。

「もう玲那さんの中に入りたくてはち切れそうです。怖いですか？」

犬のポーズの彼女のうしろに膝立ちとなり、その形のいいヒップを両手で摑んだ恭太は、血管が浮かんだ肉竿をピンクの秘裂に擦りつけた。

「あ、ああ、そんな風に、あ、あああん」

竿の部分がクリトリスの辺りを擦り、玲那は白い身体をビクンと震わせた。

充分過ぎるぬめりが肉棒に絡みついてきていた。

「ああ、怖いわ、ああん、けど、ああん、ああ」

なよなよと首を振りながら、玲那はギュッとシーツを握って、頭を上下に揺らしている。

その息づかいは激しく、膝を折っている細い両脚がずっとよじれていた。

「でも？」

すぐにでも彼女の中に入りたいのを懸命に堪えて、恭太は腰を前後に動かし、肉竿を濡れた女の裂け目に擦り続ける。

自分から求めさせたい。追い込まれるほどに玲那は淫靡に己を燃やすのだ。

「あ、ああん、私、ああん、恭太くんが欲しいの、ああん、お願い、入れて……」

いつもはキリリとした感じの唇を半開きにし、ヨダレを垂らさんばかりの表情を見せた玲那は、うしろの恭太に訴えてきた。

瞳は蕩けきり、視線は恭太の股間で昂ぶる、牡の角に向けられていた。

「いきますよ」

もうふたり共にどうしようもないほど燃えあがっている。恭太は強く彼女の桃尻を鷲づかみにすると、硬化した亀頭を膣口に押し当てた。

「はああん、ああ、これ、ああん、ああ」

もう亀頭が入口に触れた瞬間から、玲那は四つん這いの身体を震わせて、悩ましく喘いだ。

そして濡れた媚肉の奥に向かって侵入を開始すると、さらにその声を大きくする。

「ああああん、ああ、硬い、あ、ああん、恭太くん、ああ、ああん」

もう瞳も虚ろにして頭を落としながら、玲那はベッドについた両手両脚をくねらせよがり泣く。

その声色からして、痛みを感じているわけではないようだ。

「玲那さんの中も、うう、すごくいいです」

そして恭太もまた、彼女のざらついた肉壁に亀頭を擦りつけながら、快感に喘いでいた。

膣の中ほどから、そのざらつきがあり、裏筋が強く擦られて快感に腰が震えた。

少しでも油断をしたら射精してしまいそうな昂ぶりの中で、恭太は怒張を最奥に到達させ、さらに奥に押し込んだ。

「ひっ、ひあっ、そんな、ああん、深い、こんなに奥まで、あああん」

息を詰まらせながら、玲那は白い身体をなんども引き攣らせる。彼女はもうすべてを恭太の怒張に奪われている。

「これからですよ、玲那さん」

そう感じ取ると、恭太は征服欲のようなものまで満たされ、さらに彼女を追いつめようと、怒張のピストンを開始するのだ。

「ああ、はああん、ああ、だめっ、あ、ああ、私、あ、こんなに大声で恥ずかしい」

自分の凄まじいよがり泣きが恥ずかしくなったのか、玲那はそんなことを言った。

ただ媚肉のほうは、羞恥心に興奮しているのだろう、ギュッと肉棒を締めつけてきている。

「そうですね、恥ずかしいくらいの大声ですね」

桃尻を摑んだまま、恭太はリズムよく腰を振りたてていく。同時に、わざと羞恥心を煽る言葉を使って彼女の反応を試してみた。

「ひいん、ああ、だって、あああん、恥ずかしいけど、止まらないのう」

さらに喘ぎ声を大きくして、玲那は四つん這いの身体をのけぞらせた。

媚肉もさらにきつくなり、恭太のほうがいまにも限界を迎えてしまいそうだ。

「寮の皆さんが見たら驚くでしょうね、いつも厳しい玲那さんがこんなに淫らだなんて、知らなかったたって」

いまは恭太の部屋にいるのだから、誰かが見ているはずはないのだが、あえて彼女に寮生たちの目を意識させる。

「あああ、はあああん、そんな、あああん、私最低だと、ああ、思われちゃう」

そう言ってうしろに向けられた玲那の美しい顔は完全に崩壊している。唇はだらしなく開き、瞳は濡れたまま妖しく蕩けている。

彼女の目には、蔑んだ目で見つめる由衣や由美子が見えているのだろうか。そしてそれに異様な興奮を覚えているのか。

「こっちへ、玲那さん」

そんな彼女をもっと追いつめるべく、恭太はうしろから玲那の腰に腕を回して抱えあげた。

「えっ、ああ、はあああん」

四つん這いだった身体がふわりと浮かぶ。驚くほど軽い玲那の白い身体を、恭太は自分の膝のうえに乗せながら、ベッドに尻もちをついた。

艶やかな玲那の背中が恭太の胸に密着し、体位が背面座位に変わる。入れたままだった怒張もさらに奥深くに食い込んだ。

「あああ、これえ、ああん、あああ」

そのまま恭太は下からリズムよくピストンしていく。男の膝のうえで細身の身体とGカップの巨乳を弾ませながら、玲那はあさっての方向に顔を向けてよがり泣く。

黒髪は完全に乱れ、唇からはもう切羽詰まったような喘ぎが漏れていた。

「ほら、玲那さん、カーテンの隙間が見えますか？　閉じないと寮から覗かれてしまうかもしれませんね」

部屋の窓の二枚のカーテンの合わせ目に、わずかながら隙間があり、寮の外廊下の電灯の光が見てとれた。

「ああ、いやあああ、そんな見られちゃう、ああ、だめえ」

そこを意識した玲那は絶叫のような声をあげ、頭を激しく横に振った。

普通に考えれば、寮からカーテンの隙間なんか肉眼で覗けるはずはないのだが、それでも玲那は強烈に羞恥心を刺激されたようだ。

(うっ、すごく絞めてきた)

ただ羞恥に身悶えていても、玲那は逃げようとか隠そうとかいう動きは見せない。

そして恭太の肉棒を飲み込んだ媚肉は一気に狭くなり、ざらついた膣奥の密着度もあがってたまらなかった。

「ほら、玲那さん、手を伸ばしたら閉められますから」

恥じらう声と、真逆の反応を見せる二十七歳の肉体のギャップに身悶える美人看護師に、恭太はうしろからそう言った。

「ううっ、玲那さんの奥、くう」

言ったときに、玲那の奥からさらに熱い愛液が溢れ出し、ぬめりの心地よさに、恭太が声をあげてしまった。

「あ、ああん、はあん」

ピストンもずっと続いている。そんな中でも玲那はどうにか腕を伸ばし、身体を前屈みにしてカーテンを閉じようとする。

健気な玲那の様子は可愛らしいが、彼女の本性の部分は、それを閉じることなど望んでいないはずだ。

「玲那さんっ！」

長くしなやかな両脚を開いて、自分の膝にお尻を乗せている玲那の細腰を、恭太は両手でしっかりと固定する。

そして、下から激しく怒張を打ちあげるのだ。

「あぁん、だめえ、ああ、いまそんな風にされたら、ああ、手が届かないよう」

完全に蕩けきった声をあげながら、玲那は激しくよがり泣き、顔だけをうしろに向けてきた。

切れ長の瞳は目尻まで垂れ下がり、大きな黒目は悦楽に濡れ光っている。

「すいません、腰が勝手に、おおお」

そう言ってはいるがもちろん嘘だ。そして玲那のやめろというのも本音ではない。

ベッドのバネの反動も利用し、恭太は激しく怒張をピストンした。

「ああ、もう無理、あああん、ああ、私、だめになる、あああん」

快感の強さにカーテンを閉めるのは諦めたのか、玲那はその身をのけぞらせて、背後の恭太に背中を預けてきた。

「見られていいんですね」

「あああん、もう玲那、どうなってもいい、あああん、ああ」

ついに自分のことを下の名前で呼んだ玲那は、頭をうしろにいる恭太に預けるようにしてのけぞった。

恭太はそんな彼女を突きながら、背後から唇を奪い舌を激しく絡ませた。

「んんんん、んんくう、んんんん」

上下のどちらの穴からも粘着音を響かせながら、玲那は自らも激しく恭太の舌を貪ってきている。

媚肉の絡みつきが強くなり、濡れた粘膜に怒張が溶けていきそうだ。

「んんん、ぷはっ、あああ、ああん、もうだめ、ああ、玲那、イッちゃう」

唇が離れるのと同時に、玲那は自ら限界を叫び、両脚をさらに開くような動きまで見せた。

「イッてください、玲那さん、僕も」

あの真面目で清楚な玲那を、自分が快感の虜にしている。そんな思いを抱きながら、恭太は彼女の両脚に手を置いて股をさらに開かせる。

そして恭太もまた、亀頭を擦り続けるざらついた膣壁に屈し、射精する寸前だった。

「あああ、来て、あん、今日は平気な日だから、あああん、恭太くんのちょうだい」

声を振り絞るようにして玲那は言って、恭太の手に自分の手を重ねてきた。

「はい、うおおおお」

彼女の言葉に頷き、気合いを込め、恭太は下から怒張をこれでもかと突きあげた。

「あああん、すごいいい、あああ、イク、イッちゃううう」

大股開きの細身の身体が、恭太の膝のうえで弾み、ワンテンポ遅れてGカップのバストが、形をいびつに変えながらバウンドする。

血管が浮かんだ巨大な逸物が、愛液を垂れ流している膣口を激しく出入りした。

「イクうううううううう」

玲那は最後の雄叫びをあげると、汗に濡れた細身の身体をビクビクと痙攣させた。

巨大な乳房も激しく波打ち、尖りきった乳首から汗の雫が滴った。

「ううっ、俺も、くうう、イク」

彼女の膣奥に亀頭を擦りつけるようにしながら、恭太は腰を震わせた。

憧れの人の蕩けた膣内で肉棒を爆発させる悦びに震えながら、恭太は勢いよく精液を打ち放っていく。

「ああん、恭太くん、ああ、熱い、あああん、ああ」

男の膝のうえで大きく開いた内腿まで引き攣らせながら、玲那は射精のたびに悦びの声をあげている。

頬をピンクに染めたその顔は、恍惚に蕩け、濡れた瞳は宙をさまよっていた。

第七章　今夜は絶頂パーティ

憧れの玲那とベッドを共にし、その昂ぶりのままに三度もしてしまった。

そして順番は逆になってしまったが、恭太は玲那にきちんと恋人になってほしいと告白し、それを玲那も受け入れてくれた。

晴れてカップルとなったわけだが、それに伴ってちゃんとかたをつけておかなければならない問題もある。

それは他の三人との身体の関係の問題だ。もう恭太は玲那以外の女性とセックスをするつもりはない。

(玲那さんを悲しませるまねだけは……)

欲望のままに三人を抱いておいて、都合のいい話だと思うが、罵倒されても三人に謝罪し関係を終わらせるつもりだ。

「ふーん、由美子さんともしてたんだ」

恭太は由衣に電話で連絡を取り、自分の言葉で、由美子とも肉体関係があることを伝えた。由衣は別に驚きもせず、エッチな子だと笑っていた。

玲那と恋人になったことは、ちゃんと向き合って伝えようと思い言わなかった。

ただそこから三人に大事な話があると言うと、由衣の声色が少し変わった。

「じゃあ私の部屋でいいかな、そのほうがお話ししやすいし」

ただ理由を問われるようなことはなく、由衣は淡々とそう言った。そのあっさりと冷静な感じが逆に怖くもあった。

数日後の夜、約束の時間に、また塀を乗り越えて彼女の部屋に行くと、すでに三人は来ていた。

「いらっしゃーい」

先日の電話とはうって変わって明るい声と笑顔で、由衣は恭太を迎えてくれた。

「いや、お話ししなければならないことがあるんですが。そ、その前に三人のその服はなんなのですか？」

ベランダから由衣の部屋に入った恭太は、すぐに正座をして玲那との経緯を話そうとするが、口を開いたまま固まってしまった。

それというのも、三人揃ってナース服を着て待っていたからだ。

「うふふ、どう、似合う？」

間抜け面を晒して呆然と正座している恭太の前で、由衣が身体をくるりと一回転させた。

由衣たちが身につけているのは、白のナース服だ。下半身はスカートになっていて、その丈がやけに短く、三人のムチムチとした太腿が晒されている。

上半身もやけにぴったりとしたデザインで、巨乳の彼女たちが着ると胸のところの布がはち切れそうだ。

「どうもなにもないでしょう。普段からそんな服着てないですよね」

父が病院に担ぎ込まれた際に由衣のナース姿を見たが、パンツタイプの白衣だった。いまどきはそれが普通だし、だいたい、こんなスカートが短いナース服など見たことがなかった。

「うふふ、そうよ、四人で集まるっていうことは4Pでもするのかなと思って。盛りあげようとして買ったの」

寮の部屋のフローリングの床に立つ由衣は、片足だけを持ちあげてスカート部の裾を摘まみ、太腿を見せつけながら色っぽい目を恭太に向けてきた。

「4P……」

その横で同じデザインのナース服の美咲子がごくりと唾を飲み込んだ。だいたいこの人は女医だ。ナース服は関係ない。

「4Pなんて無茶苦茶な。今日はそんな話じゃないんです」

いずれ劣らぬ淫らさを持った美女を三人同時に相手など無理だ。だいたい今日は話をしに来たのだ。

恭太は正座のまま、頭をフローリングの床に擦りつけた。

「すいません、玲那さんとお付き合いをすることになりました。三人ともうエッチすることは出来ません」

どういう風に伝えようかと、いろいろ悩んだが、やはりストレートに言うのがいちばんだと恭太は判断した。

もう玲那以外の女性を抱いて彼女を傷つけることは出来ない。そのかわりどんな罰でも受けるつもりだった。

「やっぱり予想通りだね。こうなると思った」

いちばん近くに立って、土下座する恭太を見下ろしている由衣が、笑顔のままでそう言った。

「えっ、やっぱりって？」

由衣の意外な反応に、恭太は顔をあげて目を白黒させた。

「ごめーん、恭太くん。どうしても興味を抑えられなくて、玲那ちゃんにしつこくまとわりついて全部聞いちゃった。朝までしてたことも」

その由衣の隣で、同じコスプレ用のナース服の裾から熟した太腿を見せつけている、由美子が両手を顔の前で合わせた。

「ふふ、あの堅物の玲那さんを朝まで狂わせるなんて、やるじゃん。さすが恭太くん」

由美子の言葉に由衣が嬉しそうに笑った。ということは、由衣も美咲子も、恭太と玲那がそういう関係になったのだというのを知っていたのだ。

「まあ、でもそういう話し合いなら、玲那さんがいないのはおかしいよね。由美子さん、玲那さんも呼んでくれる？」

「オッケー」

由衣の言葉に由美子はすぐに反応してスマホを取り出した。

「えっ、ちょっと待って玲那さんは……うっ」

こんな修羅場に玲那を巻き込みたくなかったので、ここに来ることを彼女には話していない。

　慌てて立ちあがって由美子を止めようとする恭太だったが、立ちあがろうとした瞬間、脚が痺れていて動けなかった。

　そんな恭太の前に由衣が膝をつき、両手を伸ばし抱きしめてきた。

「だーめ、話し合いなら、み、ん、な、でしょ」

　粘っこい口調で由衣は恭太の耳元で囁いてきた。その大きな瞳がなんとも妖しげで、恭太はぞくりとして息を呑んだ。


　しばらくして玲那も由衣の部屋にやってきた。部屋がそれほど広くないので、テーブルをどけて全員が車座で座っていた。

「ど、どうしてナース服なの？　それも、これってコスプレ用の……」

　ハーフパンツに長袖Tシャツの玲那は、恭太の隣に正座をしている。もちろんだが彼女も、三人がミニスカートのナース服なのに驚いていた。

「僕もわかりません、ここに来たときから、あの格好だったんです」

　ふたりは小声でやりとりしている。そんな様子をナース服の三人は黙って見つめているが、少し目が怖かった。

「玲那さん、今日、ここに集まった理由はね、恭太くんがもう玲那さん以外とはセックスしないって言い出したからなんだ」

ボソボソと話し合うカップルにため息を吐いたあと、由衣が口火を切った。

「え？」

玲那が驚いた顔で恭太のほうを向いた。もちろんその話はいっさい、彼女には言っていないのでびっくりするのも当たり前だ。

「もう出来ないというか、好きな人と恋人同士になったら……それが当たり前だと思います。すいませんとしか言えませんが……」

ここは自分がちゃんとしなければと、恭太はナース服の三人に向かって、あらためて頭を下げた。

「恭太くん……」

そんな恭太を玲那が潤んだ瞳で見つめている。はっきりと好きな人だと口に出したことが嬉しかった様子だ。

「ちょっと、ここで愛し合うのはやめてもらえますかね」

いつしか見つめ合うふたりに、由衣が不満げに言い、腰を浮かせた。

「別に付き合うのはいいですけどお、たまには恭太くんを貸してくれてもいいんじゃないのかなーと思うんですよ」

由衣のセリフに恭太はほら来たと思った。由衣なら言い出しそうなセリフだ。彼女は恭太に気があるのではなく、股間の愚息のほうにしか興味がない。

そして由衣の両隣にいる、美咲子と由美子も、なにか言うのかと思って見ていると、由美子はニコニコと目を細めていて、なにを考えているのかわからない。

「んん……んく……」

そして由美子から由衣を挟んだ横で正座している美咲子は、両手を太腿のうえで強く握ったまま、腰を揺らしている。

唇を嚙み、額には汗が浮かんでいて、明らかに様子がおかしい。

「大丈夫ですか、美咲子先生」

ずっと無言の彼女が心配になってきて、恭太は顔を向けた。

「んん、あああん、もうだめぇ」

すると美咲子は急に艶のある声をあげると、フローリングの床に膝立ちになって、ナース服の身体をのけぞらせた。

同時にスカートの中から、ピンク色の物体が落ちてきて、床で音を立てた。

「あらら、忘れてた、ごめんなさい」

ピンク色のその物体は、手のひらに収まるくらいのサイズで、なにかのリモコンのようだ。

コードが伸びたそれを恭太は映像かなにかで見たことがある。もういやな予感しかしなかった。

「うふふ、ごめんね先生、いますぐ取ってあげるから」

そう言った由衣は、いきなり美咲子のスカートの中に手を入れた。

「あ、あああん、はあああん」

そしてまさぐるように由衣が腕を動かすと、美咲子の喘ぎが激しくなる。

張りつめた白衣の胸元で、巨大なGカップがブルンと弾んだ。

「ほら、取れた」

由衣は楽しげに笑いながら、美咲子の股間からプラスティック製の卵のようなものを取り出した。

リモコンとコードで繋がったそれはヌラヌラと輝きながら、小刻みに震えている。

(ずっと入れてたのか……)

それがローターという淫具であるのは予想通りだったが、美咲子はずっとこれを股間に入れたまま話し合いに参加していたというのか。

彼女がほとんど口を開かなかったのは、快感の声を堪えていたからだったのだ。

「かわいそうな先生。恭太くんのおチンチンを入れてもらえるように準備してたのにねえ」

由衣は自分と同じ、ナース服姿の美咲子に寄り添うと、再びスカートの中に腕を入れていく。

「あ、ああん、ああ、そこ、あああん」

男も女も両方いけるという由衣の手が、美咲子の中をかき回しているのか、クチュクチュと湿っぽい音があがってきた。

美咲子は膝立ちの身体を震わせ、由衣は隣でそんな女医の腰をもう一方の腕で支えながら、大胆に秘裂を責めている。

白のナース服同士のレズビアンが始まり、ワンルームの部屋が一気に淫らな雰囲気に包まれていった。

「ふふ、先生、もうドロドロ」

「あああん、だって、ああ、由衣ちゃんがあんなオモチャ入れるから」

どうやら床に、粘液にまみれたまま転がっているピンクローターは、由衣が美咲子の中に入れたようだ。

ふたりはそんな会話をしながら、ゆっくりと床に身体を倒していく。

「あ、あああん、由衣ちゃん、そんな風にしたら、ああん、だめえ」

フローリングの床に仰向けに横たわった美咲子の生脚が、ゆっくりと左右に割れていった。

スカートの奥には漆黒の陰毛と、由衣の指を飲み込んだピンクの秘裂が覗いている。

恭太はただ白衣の女ふたりの淫らな絡み合いに見とれていた。

「だって、もう恭太くんはここにおチンチン入れてくれないんだから。先生は私の指で満足するしかないのよ」

「そんなあ」

仰向けの美咲子に自分の身体を寄り添わせながら、由衣はそんな言葉を囁く。

美咲子はまるで駄々っ子のように、スカートがずりあがって剝きだしの白い脚をよじらせるのだ。

「ふふ、マゾの美咲子先生はどうしてほしかったのかな」

由衣はいちど、意味ありげな目線を恭太に向けたあと、ナース服の女医の耳元でそう囁いた。

「ああっ、私、みんなに見られながら、あああん、恭太くんにたくさん突かれたかったのう、あああん」

もう息をなんども詰まらせている美咲子は切羽詰まった風に訴え、濡れた瞳を恭太に向けてきた。

その半開きの唇からは絶えず甘い吐息が漏れ、三十歳の色香がムンムンと立ちのぼっていた。

（す、すげえ、はっ）

マゾ性を全開にして身悶える美人女医に、口を開いたまま見とれていた恭太だったが、はっとなって横を見た。

そういまは隣に、恋人となった玲那がいるのだ。

（ええっ）

隣で正座をしている玲那を見た瞬間、恭太は叫びそうになった。

どうにか声は堪えたが、玲那は部屋着らしきハーフパンツの下半身を切なげによじらせているのだ。

（玲那さん……発情してる？）

色白の頬はピンクに上気し、それが耳や首筋にまで広がっている。

切れ長の瞳も、妖しげに濡れているし、いつもキリッと結ばれている唇も少し開いていた。

「あらら、玲那ちゃん、変な気分になっちゃった？」

玲那の様子がおかしいことに由美子も気がつき、四つん這いになってにじり寄っていく。

こちらもナース服の由美子は、ムチムチとした両の太腿を覗かせながら、玲那の頭を撫でている。

「い、いえ、私は……んん」

玲那は由美子の言葉を否定しようとするが、由美子の指が頭から耳、そしてうなじへとなぞっていくと、変な声を漏らした。

「あ、いや、あ、あああん」

「けっこう敏感なのね」

由美子は目つきを妖しくしながら、ナース服のグラマラスな身体を玲那に絡みつかせていく。

そしてその手はいつしか、Ｔシャツに包まれた乳房に伸びていくのだ。

「美咲子先生のこと、うらやましかったのね、玲那ちゃん」

真っ赤になった玲那の耳元で囁きながら、由美子は大胆に手を動かして、細身の身体には不似合いな巨乳を揉んでいる。

なんとも淫靡なふたりを、恭太はただ呆然と見つめていた。

「そんな……ああ、私……」

玲那はなよなよと首を横に振っているが、もうかなり目つきがおかしい。正座をしていた脚も崩れ、横座りの体勢で寄り添う由美子にその身を預けていた。

「素直になっていいのよ。恭太くんもきっと玲那ちゃんの本音を聞きたいと思っているわ」

そんな玲那を包み込むように抱きしめながら、由美子はそんなことを言った。

母性が強い彼女に腕の中で、玲那は子供に戻っているような表情をしている。恭太も経験があるが、逆らいようのない甘美さだ。

「ああ、私……私もみんなにエッチな姿見られたい……」

どこかうっとりとした玲那は、甘い息を吐きながらそう呟いた。由美子に抱きしめられたら、最早隠しごとなど不可能だ。

「素直ないい子。そんな玲那ちゃんだからきっと恭太くんの一番になれたのね」

母が娘を褒めるように由美子は笑顔で、玲那の細身の身体をギュッと抱きしめた。

「ああ……恭太くん……にも見られたい……」

玲那は切なげな目をして、由美子に身体を預けたまま恭太を見つめてきた。その濡れた瞳があまりにも色っぽい。恭太は身動きどころか声も出ない。止めたほうがいいのか、という気持ちもあるのだが、この先を見てみたいという思いのほうが上回っていた。

「うふふ、じゃあ玲那さん、私がとってもエッチな子にしてあげる」

M性を見せ始めた玲那を、Sの由衣が見逃すはずがない。由衣は美咲子から手を離すと、玲那の正面から身を寄せていく。

「うふふ、玲那さんにこんなことする日が来るなんて……」

由衣は嬉しそうに言いながら、玲那のハーフパンツの股間に指を這わしていく。ハーフパンツは部屋着なので布が薄めだ。そこをナース服の由衣がグリグリと人差し指でまさぐる。

「ああ、はあああん、いや、ああん、そこは、だめっ、あああん」

由衣が責め始めてすぐ、玲那は背中を大きくのけぞらせてよがり声をあげた。どうやら玲那はクリトリスをまさぐりだされたようだ。おそらくパンティは穿いているだろうから、布が二枚あるはずなのに、由衣の指は恐るべき正確さだ。

「うふふ、直接してあげようか？」

あっという間に燃えあがる玲那に微笑みかけながら、由衣はさらにクリトリスを捉えている指を強く動かした。

「あああ、ああん、して、あああん、あああ」

玲那はすぐに反応し、横座りで由美子にもたれた身体を引き攣らせて絶叫した。

「じゃあ脱がすわね」

本人の承諾を得たとばかりに、由衣は玲那のハーフパンツに指をかけた。由美子もまた玲那のTシャツを脱がせていく。

上下白のブラジャーとパンティ姿になったのもつかの間、それも外されて玲那は一糸まとわぬ素っ裸にされた。

細くしなやかな、白い肌の女体に由衣と由美子の手が絡みついていく。

「あああん、やっ、ああ、ああ、両方なんて、あ、あああん」

由美子の手が、細身の身体には不似合いなくらいに盛りあがるGカップのバストを揉みしだき、ピンクの乳首をこね回す。

そして由衣は濃いめの陰毛の前に自分の顔をもっていき、肉唇を割り開きながら、クリトリスを弄《もてあそ》んでいる。

「はうっ、あああん、だめえ、あああん、あああ」

もう玲那はただひたすらに喘ぐばかりになっている。唇を大きく割り開きながら、その身体を床に横たえた。

仰向けになった玲那の胸に、由美子も顔を埋め、乳首をチュウチュウと音がするほど強くしゃぶっていく。

由美子にレズの気があるとは聞いていないが、彼女も変なスイッチが入っているようだ。

「ああ、玲那さん、私も……」

ついに美咲子まで身体を起こし、横たわる玲那に近寄っていく。美咲子は玲那の細く艶やかな脚を持ちあげると、なんと足の指をしゃぶり始めた。

(う、うそだろ……現実かこれ……)

全裸の女に、ナース服を着た三人の女が絡みついている。それもいずれ劣らぬ美女たちだ。

自分は夢でも見ているのだろうか。恭太は目を大きく開いたまま、その妖しく淫靡な光景を見つめ続けていた。

「すごくグチョグチョよ、玲那さんがこんなにスケベだったなんて」

そんな恭太を尻目に女たちはどんどん盛りあがっていく。由衣は楽しげに笑いながら、由衣の膣口に二本指を入れ、リズムよくピストンしていく。

「あああん、ああ、だめえ、そんな風にしたら、あ、あああん」

もう真っ赤に上気した仰向けの身体をくねらせて、玲那はただひたすらによがり泣いている。

そんな玲那の顔をじっと見つめながら、由美子はナース服の身体を乗り出し、たわわな白乳を揉んで乳首を吸うのだ。

「ひあああん、ああ、あああん、声が止まらない、あああん」

ふたりのリズムがなんとも絶妙というか、交互に性感帯を強く刺激して、玲那に息つく暇を与えていない。

女は女の感じさせかたを熟知しているということか、玲那はされるがままにそのマゾ性を燃えあがらせ、だらしなく開いた両脚を引き攣らせていた。

その足の指をまた女医の美咲子が、音がするほど激しくしゃぶっているのだ。

「おお……」

正座をしていた恭太だったが、いまはもう膝立ちになり、変な声まで出しながら、絡み合う裸とナース服に見とれていた。

玲那だけが全裸なのが、さらに欲望をそそる。もちろんだが恭太のズボンの中の肉棒は、ギンギンに猛りきっていた。

「あああん、あああ、おかしくなる、ああん、あああ」

玲那の燃えあがりもかなり激しくなっている。汗ばんだ巨乳を波打たせながら、ただひたすらに悦楽に酔いしれているようだ。

「ふふ、もう欲しくてたまらないんじゃない？　玲那さん」

いまにも絶頂にのぼりつめそうな玲那に微笑みかけたあと、由衣は身体を起こして恭太のほうを見た。

「ああ、恭太くん……私、こんなになって……」

半開きの唇の横からヨダレまで垂らしながら、玲那は、こんなになって恥ずかしいと、切なく訴えてきた。

ただその恥ずかしさがまたマゾ的な性感を刺激しているのだろうか、玲那は腰をなよなよと上下に揺らしていた。

「ふふ、恥ずかしいだけでいいの？　他にも言わなきゃならないことあるでしょうに、お預けのままでいいのかなー」

ネチネチと言葉でいたぶるミニスカナースの看護師は、玲那の秘裂をまた指でピストンする。

その指はすべて入ってはおらず、入口の辺りで焦らすように前後していた。

「ああ、それは、だめ、恭太くんの、あああん、奥に欲しい」

由衣の狙い通りに性感を煽られた玲那は、もう切羽詰まった顔で恭太に訴えてきた。

「はい、いますぐ」

玲那の細身の身体からわきあがる色香に、恭太の我慢も限界を超えている。

勢いよく立ちあがった恭太は、服を一気に脱ぎ捨てて全裸になる。飛び出してきたその巨根ははち切れんばかりに勃起して天を突いていた。

「ああ……恭太くん……すごい」

隆々と反り返る肉茎を見て、玲那は瞳を蕩けさせている。一気に発情の度合いもあがったのか、呼吸が激しくなり、胸が動いて巨乳が波打っていた。

「ちゃんと入るところを見ようか、玲那ちゃん」

そんな玲那の上半身を由美子が支えて起こした。肉棒が膣口に入っていく様子を本人に見せつけようというのだ。

由美子の垂れ目の瞳は爛々と輝いていて、彼女もこの淫らな空気に飲み込まれているようだ。

恭太はそんなことを思いながら、床に尻もちをついたように座っている、玲那の開かれた白い脚の間に身体を入れた。

「ちょっと待って。これを入れるのなら約束して玲那さん。私たちもたまには恭太くんのおチンチンをかりてもいいって」

まさに亀頭が濡れた膣口に触れようとしたとき、横から突然、由衣の手が伸びてきて竿を強く握った。

「なっ、そんな」

声をあげたのは恭太だった。この場面で肉棒の共有を要求する由衣に呆然となった。

「ああ、い、いいわ、あああん、だから、ああ……早く、欲しい、恭太くんの」

ほんとうは挿入に由衣の許可などいらないはずだが、マゾの炎が燃えあがっている玲那は、サディストの要求をうっとりとした目で受け止めた。

快感に負けて、恋人と他の女とのセックスを認めてしまう自分。その背徳感に玲那は酔いしれているのかもしれない。

「ふふ、オッケー、約束したわよ」

したり顔を見せた由衣は恭太の肉棒から手を離した。由衣はもともと恭太の肉棒にしか興味がないから、言質《げんち》を取っただけで満足なのだ。

「ああ……玲那さん、入れますよ」

さらに切れ長の瞳を蕩けさせている年上の恋人。くやしいが、マゾの昂ぶりに溺れている玲那はたまらなく色っぽい。

もう恭太は今後のことなど、考えるのはやめ、本能のままに肉棒を突き出した。

「あっ、あああん、きた、ああん、硬いいい、あああん」

濡れそぼる膣口を巨大な亀頭が押し拡げるのと同時に、玲那は甘い絶叫を響かせた。

だらしなく両脚を開いた身体が歓喜に震え、Ｇカップのバストが大きく弾んだ。

「うう、玲那さんの中、熱い、くうう、もっと奥へって呼んでる」

ドロドロの状態の玲那の媚肉は、さらに深くへ恭太の肉棒を誘おうと、グイグイと脈動している。

その締めつけに顔を歪めながら、恭太は一気に怒張を前に突き出した。

「あああん、これ、あああん、いい、ああ、たまらない、ああ」

もう玲那は、ただ肉棒に全神経を集中し、貪るだけの状態のようだ。

瞳もどこか虚ろで、両手脚もヒクヒクと小刻みに引き攣っていた。

「もっといきますよ」

もうこうなればとことんまでと、恭太は腰を大きく動かして怒張を激しくピストンさせていく。

血管が浮かんだ肉竿がぱっくりと開いた膣口を出入りし、愛液が滴っていた。

「あああん、恭太くん、あああん、私、ああ、すごく気持ちいいよう、あああん」

「ぼ、僕もです、玲那さんの中、最高です」

恭太は玲那のMの字に開いている両脚の膝に手を置き、これでもかとばかりに腰を振りたてた。

ざらついた膣奥に愛液が絡みついていて、そこに亀頭のエラが擦れると、腰が痺れるほどの快感が走る。

「うう、こんなに……くううう」

肉棒は根元まで痺れ、まさに極上の快感だ。マゾの快感に燃える玲那の媚肉の締めつけが強くなっているせいもあるだろうが、それだけではない。

皆に見られながらという異常な状況に、恭太自身も興奮しているのだ。

「玲那さん、もっと感じてください」

力を込めて、恭太は怒張を振りたてる。起こされた細身の身体の前で、巨大な柔乳がブルブルと波打って弾んでいた。

「ああ、あああん、うん、あああ、ああ、玲那、狂うわ、ああ、ああ」

玲那もまたただひたすらに肉棒に身を任せて泣き続ける。唇も大きく割れ、その奥には白い歯とピンクの舌が覗いていた。

「すごいわ……玲那ちゃんがここまで」

そのあまりの乱れっぷりに、由美子が呆然とした顔で言った。年齢を重ねた彼女からしても凄まじい光景なのだ。

「ほんとに……私も興奮してきちゃった」

由衣にしてはめずらしく、うっとりとした目をしながら、ナース服の身体を玲那に向けて倒していく。

そして玲那の巨乳を絞るように揉みながら、乳首を舌で転がし始めた。

「私も……」

その反対側からは同じナース服の美咲子も頭を寄せていき、反対側の乳首に吸いついて強く吸い始める。

「ああああん、はあああん、ああ、私、あああ、おかしくなるわ、ああん」

もちろん怒張のピストンはずっと続いたままだ。両乳首と膣奥を同時に責められ、玲那の叫びはもっと激しくなった。

切れ長の濡れた瞳はずっと宙をさまよい、もう意識が飛んでいるのではないかと思うくらいだ。

「おお、玲那さん」

そんな恋人を恭太は力の限りに突き続ける。血管が浮かんだ肉竿を振りたて、膣奥に向かってこれでもかと亀頭を突き立てる。

ざらついた奥の媚肉が、それに応えるように強く絡みついてきた。

「あああん、イク、あああん、玲那、もうイッちゃう、あああぁ」

そして玲那はさらに唇を開くと、顔を天井に向けて限界を叫んだ。

「イッてください、おおおお、僕ももうすぐ」

恭太のほうも限界などとうに超えている。玲那より先にだけはと思いながら、歯を食いしばってピストンを続けた。

「お薬あるから、中出しでいいよね、玲那さん」

「ああ、うん、来てえ、あああん、玲那に恭太くんの精子ちょうだい、はあああん」

玲那は力を振り絞るように中出しをねだると、同時に由美子に預けている背中をのけぞらせた。

細い指の手で自分の胸のところにいる、ふたりのナース服を強く摑みながら。

「あああ、イクうううう」

黒髪の頭がうしろに落ち、首筋が伸びて顎の裏まで見える。玲那の細身の身体がガクガクと痙攣し、開かれた両脚が引き攣った。

「あああぁ、ふあ、ふあ、ひぃいん」

極上の絶頂に酔いしれているのか、玲那は恍惚とした表情のまま、意識をどこかに飛ばしているように見える。

絶頂の感覚が長くなり、ゆっくりとしたリズムで玲那の身体が震え、乳房や下腹部が波打っていた。

「ううう、俺もイク」

その発作に合わせて、ギュッ、ギュッ、と締めつけてくる濡れた媚肉の奥に向けて、恭太は怒張を爆発させた。

自分でも驚くほどの強い快感にもう全身が痺れ、勢いよく精液が飛び出していく。

「あああ、恭太くん、あああ、熱い、あああ、すごく熱いよう」

なんども放たれる精液を膣奥で受け止めながら、玲那は悦びに満ちた瞳を恭太に向けている。

「うう、玲那さん、くうう、うう」

そんな恋人に心を震わせながら、恭太は延々と射精を繰り返すのだ。

激しい絶頂にのぼりつめた玲那は、満足そうな顔をしてその身を横たえている。

彼女の中で極上の射精感を味わった恭太も、全身の力を使い果たしたような思いだったが、他の女たちが許してくれるはずがない。

「あっ、あああん、恭太くん、はあん、ああ、すごく気持ちいい、ああ」

射精のあとも残る肉棒を激しくフェラチオされ、ほとんど強制的に勃起させられた恭太は、美咲子を貫いて絶頂に追いあげた。

すでに昂ぶりきっていた女医はすぐに絶頂にのぼりつめてくれたので、射精はしなかったが、続けて由衣が跨がってきた。

床に敷かれた敷物のうえに恭太を仰向けにさせた由衣は、ナース服を脱ぎ捨てて騎乗位で肉棒を飲み込み、小柄な身体を躍動させている。

「あああん、いいわあ、あああ、ああ、はあん」

一糸まとわぬ身体を上下に揺すったり、腰を前後に動かして亀頭を膣奥に擦りつけたりと、由衣は自由自在に肉棒を貪っている。

小柄な身体の前でFカップのバストが大きく弾み、ムチムチのヒップが強く恭太の股間にぶつかっていた。

「うう、くううう、由衣さん、ううう」

由衣の腰使いはあまりに激しく、恭太はあっという間に追いあげられていく。いちど射精したというのにもう肉棒は痺れていて、限界も近そうに思えた。

「ああん、恭太くん、エッチな顔になってる」

野太い逸物を飲み込んだ小さな身体を踊らせながら、由衣はうっとりとした顔で見つめてきた。

Sっ気の強い彼女は恭太が感じている姿に、さらに興奮している様子だ。

「あああん、私もいい、あああん、あああ」

そしてさらに勢いをつけて、腰を振り、濡れた膣奥を恭太の亀頭に擦りつけるのだ。

「ゆ、由衣さん、うう、それだめ、くう」

尿道口の辺りに媚肉が強く擦られ、快感が突き抜ける。仰向けの身体を小刻みに震わせながら恭太はこもった呻き声を漏らす。

こんな風に感じさせられている姿を、恋人である玲那に見られるのはまずいと思い横を見ると、彼女はまだ目を閉じていて、少しほっとした。

「こらあ、どこ見てるのよ、私に集中しなさい」

恭太が玲那のほうを気にしているのに気がついたのか、由衣が唇を尖らせながら自分の身体を激しく揺すってきた。

Ｆカップのバストが千切れんがばかりに弾み、締めつけの強い媚肉が怒張をしごきあげていった。

「くうう、はうっ、だめ、由衣さん、うう、もう、くううう」

これでもかといった攻撃に恭太は一気に限界に向かっていく。肉棒の根元がギュッと締めつけられ、脚がピンと伸びきった。

「あああん、私もイクわ、一緒に来て、あああん、イク、イッちゃう」

由衣もタイミングを合わせるように、一際大きく喘いで背中をのけぞらせた。

「あああああ、イクうううううう」

恭太に跨がったまま弓なりになった小柄な身体が、ビクビクと痙攣を起こした。

同時に肉棒を飲み込んだ膣道のすべてが、強く肉棒を食い絞めてきた。

「ううっ、くう、俺もイク」

その絞りあげるような動きに恭太は屈し、勢いよく精液を発射する。

二度目だというのに大量の精が、由衣の狭い膣の中を満たしていった。

「ああ、あああ、いい、いいわあ、あああ、もっと出して」

その射精の量に歓喜しながら、由衣は自らの乳房を手で揉んでいる。

その表情は恍惚としていて、うっとりと瞳を妖しげに輝かせて喘ぎ続けていた。

「ああ……ふう、すごくよかったわ。ありがとう恭太くん」

やがてエクスタシーの発作が収まると、由衣は満足そうに笑いながら、恭太の頬を撫でてくる。

そしてゆっくりと腰をあげて、自分の中から肉棒を抜き取った。

「汗かいちゃったから、シャワーを浴びよっと」

すぐに立ちあがった由衣は、まるでなにごともなかったかのように、スタスタと浴室に向かって歩いていった。

「はあはあ……うそでしょ」

恭太のほうはもう腰に力が入らず、敷物のうえに身を横たえて息を弾ませていた。

あれほど喘ぎまくったというのに、どこまでタフなのだろうか。恭太はあらためて女は怖いと感じていた。

「うふふ、すごく激しかったわね、恭太くん」

ぐったりとしている恭太のところに、こんどは由美子がにじり寄ってきた。

ナース服の身体を四つん這いにした彼女は、射精を終えてだらりとしている恭太の肉棒の前に頭を持ってきた。

「ちょ、ちょっと待ってください由美子さん、休ませて」

仰向けに寝たまま頭だけを起こし、恭太はすがるように訴えた。もう逃げる元気もなく、情けない声を出すばかりだ。

「あら、お掃除してあげるだけよ、ふふふ」

そんな恭太に笑顔を向けた熟女看護師は、ナース服の身体をさらに前屈みにし、指で淫液にまみれた肉棒を持ちあげて舐め始めた。

「うう、掃除って、そんな、くうううう」

ピンク色の舌が射精を終えて萎《な》えている亀頭を這い回っている。精液も由衣の愛液も、由美子はすべて丁寧に拭《ぬぐ》っていく。

むず痒さを伴った奇妙な感覚に、恭太はこもった声をあげて腰をくねらせていた。

「んんんん、んく、んんんんん」

由美子はどんどん熱を帯びてきて、舌で亀頭や竿を拭ったあと、唇の中に飲み込んでいく。

そして優しく舌を絡ませながら、喉のほうに向かって吸いあげるのだ。

「くう、由美子さん、これ、もう掃除じゃ、うう、ない、ううう」

最初は辛いという思いのほうが強かったが、由美子の慈しむようなしゃぶりあげに、快感がわきあがってくる。

まだ身体は気怠いままだというのに、肉棒はすでに熱くなってきていた。

「んんん、ぷはっ、あらら、もう元気になってない？　タフね恭太くん」

その反応は肉棒の硬さにも表れている。由美子はすぐに気がつき、半勃《はんだ》ちの肉棒を唇から出したあと、身体を起こしてナース服のボタンを外し始めた。

ナース服の前が開くと、勢いよくHカップの巨乳が飛び出してきた。ブラジャーは着けていなかったようで、色素が薄めの乳首も剝きだしだ。

「もっと硬くしてあげるわね」

垂れ目の瞳を微笑ませた美熟女は、ナース服の身体を倒して恭太の肉棒を乳房で挟んできた。

「うう、由美子さん、うう、これたまらない」

しっとりと熟した乳房の柔肌に、肉棒の根元から先までが包み込まれ、上下にしごきあげていく。

その甘い快感に恭太は思わず声を漏らして、仰向けの身体をくねらせるのだ。

「エッチな顔ね、恭太くん。由美子さんのおっぱいが気持ちいいのね」

そんな恭太のそばに、いつの間にか起きあがっていた玲那がやってきた。

彼女は身体を丸め、恭太の顔を覗き込んでくる。そんな玲那を見ながら由美子は淫靡に笑い、パイズリのスピードをあげるのだ。

「くうう、うう、玲那さん、ごめんなさい」

恋人である玲那に申しわけないと思いながらも、恭太は蕩けるような熟女の巨乳に溺れていく。

柔らかい肉房が亀頭のエラや裏筋に密着して擦れ、もう足の先まで痺れきって抵抗する意欲すらわかなかった。

「いいの、恭太くんの感じている顔も好きだから」

そんな恭太をどこか妖しげな瞳で見つめながら、玲那は唇を重ねてきた。

「んんん、んく、んんんんん」

強く吸いつき、大胆に舌を絡ませてくる。いきなりの激しいキスに戸惑いながらも恭太は心を奪われていった。

「うふふ、もうビクビクしてるわ、私もしてもらっていい？」

パイズリの手をいったん止めて、由美子はそう聞いてきた。ただ彼女の目線が向けられているのは、恭太ではなく玲那のほうだ。

玲那はなにも言わず、ただ頷いた。

「ありがとう、んん」

恭太の了承は必要ないとばかりに、由美子はナース服の裾をうえにずらした。ムチムチとした太腿の奥はノーパンで、漆黒の陰毛の向こうの薄紅色の花弁が見えている。由美子は恭太の腰に跨がり、大胆に怒張を飲み込んで喘いだ。

「くう、由美子さん、俺がします」

こうなればとことんまでと恭太も開き直り、仰向けの身体を起こして自分の腰を突きあげた。

豊満に熟した由美子のヒップが恭太の膝に乗り、対面座位でピストンが始まった。

「ああん、ああ、いい、あああああ、すごいわ、あああん」

皆の痴態を見て由美子も燃えあがっていたのか、膣内はもうドロドロだ。

そこの奥に向かって完全復活した恭太の巨根が突きあがり、由美子は大きく唇を割ってよがり泣いた。

「ああん、ああ、いい、あああああん、たまらない、あああん」

Hカップの巨乳をユサユサと弾ませ、由美子は一気に瞳を蕩けさせていく。熟女看護師は甘い声をあげながら、時折、切なそうな顔を恭太に向けてくるのだ。

「もっと感じてください、由美子さん」

ほどよく引き締まった彼女の腰を抱き、恭太は激しいピストンを続ける。絡みつくような感触の媚肉に亀頭が擦れるたびに強烈な快感が突き抜けた。

「あああん、感じてるわ、ああん、恭太くんのおチンチン、すごいからあ、ああ」

ついにろれつもあまり回らなくなった由美子は、恭太の首筋に腕を回してしがみついてきた。

そして、こんなに早くだめになって恥ずかしい、と囁いてくるのだ。

「だめになってください、おおおお」

熟した女の甘い吐息に引き寄せられ、恭太は腕の力を込めて由美子の腰を固定し、怒張を激しく突きあげた。

「あああん、それだめ、あああん、すごい、ああ、もうイッちゃう」

固定された状態で膣奥を強く突かれ、由美子は限界を叫んだ。

「イッてください、おお、俺も」

自分でも驚くことだが、恭太もまた射精へと向かっていた。熟女の色香に煽られ、身も心も昂ぶりきっていた。

「あああん、イク、あああ、由美子、イクううううう」

最後の絶叫のあと、由美子は白い身体を震わせ、恭太の首筋に吸いついてきた。

「うう、出るっ」

その強いキスを合図に恭太も達する。また大量の精液を、由美子の媚肉の奥にぶちまけた。

「うう、くう、はあはあ……」

なんどか射精を繰り返し、恭太はぐったりとする由美子の身体を敷物のうえに横たえた。

「はあはあ、玲那さん」

もう精液は絞り尽くされているし、身体のほうも気怠い。なのに気持ちだけはやけに昂ぶっている。

そんな恭太が顔を向けたのは、もちろん玲那だ。

「ああ……恭太くん」

玲那のほうも同じ気持ちだとばかりに、切ない息を吐きながら、細身の身体を膝立ちにする。

恭太も同じ体勢になって向かい合い、激しくキスを交わした。

「んんんん、んく、んんんんん」

こんな状況なのにふたりきりの世界にいるような感覚で、舌をねっとりと絡ませる。

恭太の手は彼女のGカップの巨乳を揉み、玲那の手はだらりとしている肉棒を摑んできていた。

「んんん……ぷは……玲那さん、俺、もう一度玲那さんの中に入ります」

もうたくさんの言葉は必要ない。熱くなった気持ちを込めて恭太がそう言うと、玲那はうっとりとした瞳を向けてきた。

「はい……いつでも。玲那は恭太くんのものだから」

切ない息を吐いた美人看護師は、白い身体を折り曲げて肉棒に唇を這わせていくのだった。

（了）

※本作品はフィクションです。作品内に登場する団体、
人物、地域等は実在のものとは関係ありません。

とろめき女子寮《じょしりょう》にようこそ
〈書き下ろし長編官能小説〉
2024年4月15日　初版第一刷発行

著者……………………………………………………美野 晶
ブックデザイン…………………橋元浩明(sowhat.Inc.)
発行所…………………………………株式会社竹書房
〒102-0075　東京都千代田区三番町８－１
三番町東急ビル６F
email：info@takeshobo.co.jp
https://www.takeshobo.co.jp
印刷所…………………………… 中央精版印刷株式会社